Originalausgabe

Verlag: BoD · Books on Demand GmbH, In de Tarpen 42,
22848 Norderstedt
Druck: Libri Plureos GmbH, Friedensallee 273, 22763 Hamburg
ISBN: 978-3-7693-0883-9

Kurzgeschichten

aus

Asgard

Band II

Inhalt

Der Donnerdrache

Der Schädel zersprang in tausend Teile. Er holte mit dem Hammer erneut aus und traf den zweiten Riesen voll auf die Nase. Das laute Splittern der Knochen löste ein breites Siegerlächeln aus. Als der Gigant seine blutigen Zähne ausspuckte, widmete er sich schon dem Dritten. Ein Blick zu Heimdall verriet ihm, dass er genauso viel Spaß hatte. Nur Bragi guckte bedeppert drein. Jeder Moment, der ihn von seinen Gedichten und Liedern ablenkte, missfiel ihm. Thor lachte umso mehr und widmete sich wieder dem Riesen, dem er die Nase zerschmettert hatte. Diese Monster waren Schmerzen zu sehr gewohnt, als dass sie eine gebrochene Nase lange aufhalten konnte.

Die gewaltige Keule prallte auf seinen Hammer. In dem Hieb lag mehr Wucht, als Thor erwartet hatte. Scheinbar war der Riese wirklich wütend. Die Energie der Keule ging durch seinen Hammer und zwang ihn auf die Knie. So wie er und die anderen Asen ein eingespieltes Team waren, übten auch die Riesen pausenlos. So hatte ein anderes dieser Ungeheuer seine Chance erkannt und schlug mit seiner Keule genau in dem Moment zu, als Thor in die Knie gegangen war. Sie knallte mit brutaler Wucht gegen Thors Kopf.

Im selben Moment sah Thor Sterne. Auch wenn die Keule nur seinen Helm getroffen hatte, so klingelten sofort die Glocken. Wie ein nasser Sack klappte er zur Seite und wachte im Land der Träume wieder auf. Nackte Walküren, die nicht mehr als Kettenhemden trugen, tanzten um ihn herum und riefen spöttische Wörter. Es reizte ihn. Doch als er sich die erste nackte Kriegerin schnappen wollte, war er wie angewurzelt. Ein Blick nach unten und er merkte, dass seine

Füße wie Gummi waren. Jeder Versuch, sich die spöttischen Walküren zu schnappen, endete damit, dass seine Beine zitterten wie ein Gummiwurm. Plötzlich begann die ganze Welt zu beben. Alles drehte und schüttelte sich.

Das Gelächter wurde immer lauter. Aber die Stimmen hatten sich verändert. Aus den lieblichen Stimmen der Walküren waren grobe Männerstimmen geworden und sie kamen ihm bekannt vor. Er öffnete die Augen. Alles war verschwommen. Nur langsam wurde der Blick klarer. Dann erkannte er, zu welchem Gesicht die Männerstimme gehörte. Es war Heimdall, der ihn schüttelte. Hinter ihm stand Bragi und sah ihn sorgenvoll an. Die Erinnerung kam zurück. Der Hieb hatte ihn auf die Bretter geschickt und die nackten Walküren waren nur eine Illusion gewesen. Benommen blickte er sich um. Die Horde Riesen lag gepfählt und blutend auf dem Boden. Einige zuckten noch. Er erkannte auch den Riesen mit der gebrochenen Nase. Ein riesiges Loch klaffte in seiner Brust.

Bragi half ihm auf. Dabei sprach er einen Vers, in dem es um den Donnergott ging, der sich von einem halbstarken Riesen auf die Bretter hatte schicken lassen. Thor rümpfte die Nase. Es kratzte an seiner Ehre. Noch nie war ihm so etwas passiert. Falls es sich herumsprach und das war bei Bragis Dichtkunst gewiss, würde er seinen Nimbus verlieren. Etwas Schlimmeres gab es für einen Krieger nicht.

Tatsächlich hatte er sich nicht getäuscht. Als sie abends in der Walhalla seines Vaters zum Trunk saßen, schien bereits jeder die Neuigkeit gehört zu haben. Tyr hatte ihn darauf angesprochen. Selbst Freyr der Wane hatte sich einen Kommentar nicht verkneifen können und das kratzte an seinem Ego. Er war Thor, der Donnergott. Er hatte in tausenden Abenteuern und endlosen epischen Schlachten bewiesen, dass er der Stärkste war. Kein einziges Mal hatte er sich auf die Bretter schicken lassen: bis zum heutigen Tag. Wütend knallte er den Krug auf den Tisch, nachdem er ihn geleert hatte. Er hielt es nicht mehr aus. Die Blicke der Einherjer waren unerträglich. Noch nie hatten sie ihn so angesehen. An jedem anderen Tag glomm die Ehrfurcht in ihren Augen, wenn sie den Donnerer erblickten. Doch heute waren neben Bewunderung auch Blicke des Spotts dabei, wie es einem Gott Asgards und Sohn Odins hatte passieren können, dass ihn ein einfacher Riese aus den Latschen gehauen hatte.

Unter wildem und zugleich frustriertem Löwengebrüll verließ er die Walhalla. Vor dem großen Tor der Halle seines Vaters trat er gegen einen Stein, sodass er weit durch die Luft flog. Dieser flog weit und Thor sah ihm hinterher, bis er hinter dem nächsten Hügel verschwand. Plötzlich zerriss ein Schmerzensschrei die Luft. Seine Augen wurden groß und er hastete den Weg entlang, um zu sehen, wen er mit seinem Stein getroffen hatte.

Als er den höchsten Punkt des Hügels erreichte, sah er Njord auf einem Baumstumpf sitzen und sich den Kopf reiben. Wütend greinte er ihm. Nachdem sich der Donnerer beim edlen Wanen entschuldigt hatte, fragte dieser, warum er wütend Steine durch die Gegend schoss. Thor setzte sich neben den hohen Gott und erzählte ihm die ganze Geschichte.

"Dein Problem ist groß. Wenn du nichts dagegen tust, wirst du bald eine Witzfigur sein. Vielleicht hilft dir eine Geschichte, die sie sich in den Häfen des Apfelkontinents erzählen: Der letzte Drache soll sich in die hohen Berge zurückgezogen haben. Wenn du den besiegst, dann wird dein Name wieder mit Ehrfurcht in den Hallen der Gefallenen erklingen!"

Thor lächelte. Diese Geschichte war genau nach seinem Geschmack. Wenn er mit dem Zahn eines toten Drachen als Trophäe zurück in die Walhalla kam, dann würden alle Spötter verstimmen. Sein Name würde wieder für Ruhm und Manneskraft stehen. Ohne weiter zu zögern, riss er seinen Hammer Mjöllnir in die Höhe. So laut wie er konnte, rief er Heimdalls Namen. Kaum eine Sekunde später traf der Strahl des Regenbogens die oberste Spitze seines Hammers und verschluckte ihn.

Der Gestank von vergammelten Fischen drang an seine Nase. Er hasste diesen Geruch, aber das war der Ort, den ihm Njord genannt hatte. Er musste sich unter dem Volk der Seefahrer umhören. Sie würden ihm den Weg zeigen. Am Ende des Piers lag eine Spelunke. Mit ein paar Bier lockerte sich jede Zunge, dachte Thor und so stiefelte er mit stampfenden Schritten bis zum Wirtshaus.

Es stank noch mehr als draußen. Nur stank es nicht mehr nach Fisch. Stattdessen war es der sehr faulige Geruch verschwitzter Kleidung und ungewaschener Körper. Beim Wirt bestellte er eine Lokalrunde. Jubel war sein erster Lohn. Dann hielt er einen funkelnden Rubin in die Höhe und versprach ihn jedem, der ihn zum Berg des Drachen führte.

Betretenes Schweigen war die Antwort. Sie zog sich in die Länge, bis sich plötzlich ein alter Mann erhob, dessen Kleider wie alte Lumpen aussahen. Gestützt auf seinen Stock humpelte er zum Donnergott. Als er ihm nahe kam, nahm Thor den fürchterlichen Gestand wahr. Doch der Alte ließ sich nicht davon abbringen, dass Thor mit seiner göttlichen Nase rüffelte. Wie angewurzelt blieb er vor ihm stehen und wedelte mit der Hand, um Thor verstehen zu geben, dass er sich zu ihm runterbeugen sollte. Dann flüsterte er dem asischen Hünen etwas ins Ohr.

Was er sagte, war nicht, was Thor sich erhofft hatte. Aus der Kneipe würde ihn niemand führen, wie ihm der Alte verraten hatte. Zu viele waren in den letzten Monden aufgebrochen, um den Drachen zur Strecke zu bringen. Keiner war zurückgekehrt. Es gab nur einen in der Hafenstadt, der verrückt genug wäre, ihn zu führen und der auch bereits den Aufstieg ins Drachenhorst gewagt hatte. Er gab dem Alten etwas für seine Hilfe und verließ die Spelunke.

Die warme Meeresluft spielte mit seiner Nase. Es war ihm zu heiß. Er liebte die nordischen Gefilde, denn das Wetter passte besser zu seiner kämpferischen Natur. Er sah sich um. Die Beschreibung des Alten war wage gewesen. Zuerst sollte er zum großen Tempel der Stadtgötter und von dort dem Pfad der Hütten folgen, bis er die Gefährlichste gefunden hätte. Mehr hatte er nicht gesagt und voran er die Gefährlichste erkennen sollte, war ihm nicht klar. Doch das würde er sicher herausfinden.

Eine große Statue mit dem Kopf eines Elefanten lächelte ihn an, als er dem Tempel näherkam. Daneben gab es viele kleine Statuen von Göttinnen, die mit nackten Brüsten wild tanzten. Betende Männer saßen still davor oder verrenkten sich. Doch Thor hielt sich nicht lange damit auf, den Tempel zu begutachten. Er war nicht als Tourist hier, sondern weil er der Welt seinen Heldenmut beweisen wollte. Die Hütten am Tempel waren nicht zu übersehen. Er bog in die Gasse ein und eine Myriade an Gerüchen kitzelte seine Nase. Die

Hütten waren nur bunt bemalte Bretterverschläge. Jedoch sahen die Kinder glücklich aus und das war das Wichtigste im Leben, wusste Thor.

Ein Ball aus Stoffresten rollte ihm vor die Füße. Er hob ihn mit seiner Riesenpranke hoch. Plötzlich kam eine Horde Kinder angerannt und umringte ihn. Kreischend forderten sie ihn auf, mit ihnen zu spielen. Der Donnergott lachte, dann warf er den Ball zu dem Kind, welches am weitesten von ihm weg stand. Augenblicklich drehte sich die kleine Horde zu dem Kind um und rannte auf ihn zu. Kurz bevor die Gruppe ihn erreicht hatte, warf das Kind den Ball zurück zu Thor und wieder rannte die Gruppe Kinder auf ihn zu. Kurz bevor sie ihn erreichten, warf er den Ball zu einem anderen Kind, das sich besonders weit von ihm weg gestellt hatte.

Plötzlich spürte er zwei Augen auf sich brennen. Als er sich umsah, entdeckte er am Ende der Gasse eine einzelne Hütte. Sie stach heraus. Denn ihr Dach war mit edlen Schilden verziert, die viele Furchen von den Kämpfen trugen. Vor der Hütte saß ein Mann kerzengerade im Schneidersitz, sah ihn an und lächelte. Thor spürte sofort, dass dieser Mann nicht wie die anderen eine harmlose Gestalt war. Es steckte ein Feuer in seinem Blick, das die Luft zum Brennen brachte, obwohl sein Blick an sich freundlich war.

Er spielte noch einige Zeit mit den Kindern, dann verabschiedete er sich, wobei sich ein knuddelnder Knäuel aus Kindern um seine muskulösen Oberschenkel wickelte. Nach einiger Zeit ließen sie ihn los und wandten sich wieder ihrem Ball zu. Thor erwiderte endlich den Blick des Mannes am Feuer. Noch immer lächelte der Mann mit dem Blick eines Löwen. Angekommen bat er ihn, sich mit ans Feuer zu setzen. Aus einem Beutel zog er eine Handvoll Nüsse und reichte sie Thor.

Thor knackte die erste Nuss und schlang sie herunter. Dann erzählte er dem Mann am Feuer, was ihn hergeführt hatte. Stumm hörte sich der Mann alles an und kaute seine Nüsse. Auch als Thor mit seiner Geschichte fertig war, kaute er schweigend weiter auf seinen Nüssen und schmatzte. Thor ließ sich davon nicht irritieren. Er kannte viele Einherjer. Oft waren die Mutigsten die Wortkargsten. Sie sagten nicht viel, aber wenn sie etwas sagten, dann hatte es Gewicht und sie würden eher sterben, als zuzulassen, dass ihre Taten ihre Worte Lügen straften. Denn Ehre war für die Mutigen alles. Ein Mann, dessen Worte nicht aufrecht waren, besaß keine Ehre.

Nach einiger Zeit stand der Mann auf. Er entfachte ein kleines Feuer und hängte einen kleinen Kessel darüber. Aus einem langen Schlauch goss er eine gelbe Flüssigkeit in den Kessel und aus einem Lederbeutel, der neben der großen Schwertscheide an seinem Gürtel hing, fischte er Kräuter hervor. Er zog sein Schwert und drehte es um. Mit dem Knauf zerrieb er die Kräuter in einer metallenen Schale und schüttete sie in den Kessel. Dann sagte er zu Thor: "Heute trinken wir und morgen beim ersten Sonnenstrahl brechen wir auf." Thor antwortete mit einem Lächeln und blickte dann zu dem goldenen Gebräu, welches zu brodeln begann. Nebenbei knackte er eine weitere Nuss in seiner Hand. Er fischte die essbaren Teile zwischen den Resten der Schale heraus und steckte sie sich in den Mund. Sein Gastgeber kramte derweil in seiner Hütte und reichte ihm dann einen metallischen Becher.

Er rührte noch einige Zeit und langsam verbreitete sich der Duft. Es roch holzig warm. Thor glaubte, einige der Kräuter am Geruch erkennen zu können. Doch darunter war auch ein Duft, der giftig roch und er fragte sich, ob er dem Mann vertrauen konnte? Als der jedoch zum Testen seinen Becher in das Gebräu tauchte und nach längerem Pusten einen ersten Schluck nahm, entspannte er sich.

Wie es schien, war ihr Trunk fertig. Der Becher wärmte seine Hand, nachdem er ihn gefüllt hatte. Noch war er ein wenig unschlüssig. Denn etwas an dem Geruch war anders und unbekannt. Als dann der Mann seinen Becher mit einem Zug leerte und sofort wieder füllte, wartete er auch nicht länger.

Zuerst brannte es in seiner Kehle. Es war ein stärkeres Gesöff als erwartet. Dann schmeckte er den Honig heraus, was ihn an Odins Halle erinnerte. Als Drittes schob sich ein unbekannter Geschmack darunter. Als der Mann bemerkte, wie Thor sein Getränk analysierte, sagte er etwas von Flugkräutern, bevor er sich schallend auf den Oberschenkel schlug. Thor erwiderte sein Lachen. Eine Wahl blieb ihm eh nicht. Deshalb kippte er sich den Rest des Bechers hinter die Birne.

Sein Gastgeber zögerte nicht lange und füllte Thors Becher wieder. Dieser kippte direkt den zweiten auf Ex. Diesmal kramte der Mann ein paar Mangos hervor, warf sie Thor zu und verriet ihm endlich, dass sein Name Arjuna war. Thor fing die Mango lachend auf und biss hinein. Schmatzend aß er die süße Frucht, während Arjuna seinen Schlauch wieder hervorholte und mehr von dem goldenen Gesöff in den Kessel goss. Thor schlug Arjuna ein Trinkspiel vor, dass er oft mit den Einherjern spielte. Arjuna war sofort begeistert.

Dann stellte er drei Becher auf und erklärte Arjuna die Regeln. Sie warfen kleine Steine in die Becher. Doch beide waren gute Schützen und trafen fast immer. Deshalb kam das Spiel nicht in Fahrt. Also entschieden sie sich, nachdem Arjuna einen zweiten Schlauch aus seinem Vorrat im Kessel mit Kräutern verkocht hatte, auf das klassische Wetttrinken.

Plötzlich setzte die Wirkung ein und Thor krachte auf einmal nach hinten, weil ihn der Rausch der Kräuter für einen Moment auf die Bretter schickte. Es funkelte vor seinen Augen und in seinem Kopf drehte sich ein Tornado. Arjunas Lachen drang an sein Ohr, aber er verstand nicht, was er sagte, weil das Rauschen in seinen Ohren wie die Wellen in einer felsigen Brandung war.

Dann sah er einen Tunnel aus Licht. Er folgte ihm, auch wenn er nicht wusste wie, denn er spürte, dass sein Körper auf dem Boden lag. Als er das Ende des Tunnels erreichte, wurde es stockfinster, bis er plötzlich Rinde unter seinen Füßen spürte. Dann roch er etwas. Als er sich umdrehte, schälten sich schattenhafte Formen aus der Dunkelheit. Plötzlich sah er ein kleines loderndes Feuer. Etwas brodelte, daran gab es keinen Zweifel. In dem alten Kessel über dem Feuer brodelte es und drei Schatten mit langen Mänteln standen um den Kessel herum.

Es schrie. Jemand hatte ihm ins Gesicht geschlagen. Das Dunkel verflog und verschwommen kam Arjunas Gesicht zum Vorschein. Es schmerzte wieder. Doch diesmal erkannte er, dass es Arjuna war, der ihm mit der flachen Hand ins Gesicht schlug. Er fluchte. Arjuna lachte und er erklärte ihm, dass er von den Kräutern ohnmächtig geworden war. Dann steckte er Thor eine Mango in den

Mund, setzte sich wieder ans Feuer und trank aus dem dritten Schlauch, den er mittlerweile herausgeholt hatte.

Thor setzte sich auf. Er spürte, wie es in seinem Magen brodelte. Für einen Moment erinnerte er sich an die Bilder aus seiner Vision. Doch als Arjuna ihm den Schlauch zuwarf, vergaß er sie und nahm einen großen Schluck, bevor er sich um die süße Mango kümmerte.

Arjuna erklärte ihm dann, dass seine Kräuter magische Wirkungen hätten. Sie konnten dem Geist Tore in andere Welten öffnen. Thor hörte zu. Er hatte keinen Zweifel, dass Arjunas Kräutergemisch magische Kräfte hatte. Aber er kam nicht drauf, was die Vision ihm sagen wollte. Stattdessen ließ er sich den Beutel mit Nüssen geben und überreichte Arjuna zugleich mehrere große Goldklumpen als Bezahlung für seine Dienste als Führer. Dieser besah sich das Edelmetall. Als er es für gut genug befunden hatte, ließ er es in einer kleinen Truhe verschwinden.

Die Nacht setzte ein und der wolkenlose Nachthimmel offenbarte eine strahlende Mondsichel. Arjuna bestand darauf, früh schlafen zu gehen, da er mit den ersten Sonnenstrahlen aufbrechen wollte. Er bereitete sein Reisegepäck vor und war kurz verwundert, dass Thor fast nichts für eine Reise dabei hatte. Also warf er ihm einen leeren Rucksack zu und erklärte ihm, dass er die Vorräte schleppen sollte, die sie morgen besorgen würden.

Arjuna schnarchte, kaum dass sie sich hingelegt hatten. Seine Hütte hatte kaum Platz für einen zweiten Mann, darum schlief Thor draußen am Feuer, während Arjuna hinter den Decken seiner Hütte das nächtliche Holz sägte. Der Alkohol wirkte bei Thor noch immer. Da er die Finger vom Kessel gelassen und nur noch aus den Schläuchen getrunken hatte, war die Kräutermagie längst verflogen. Dennoch fragte er sich, was er in seiner Vision noch gefunden hätte, wenn Arjuna ihn nicht mit den Ohrfeigen zurückgeholt hätte.

Die feuchte Nase eines Hundes weckte ihn. Hinter sich hörte er das Kramen Arjunas. Durch den Vorhang konnte er nicht sehen, was er tat. Aber ein Blick zum Himmel verriet ihm, dass die Sonne bald aufgehen würde und es Zeit war, sich für den Aufbruch vorzubereiten. Einen Augenblick später reichte Arjuna mehrere Fladen durch den Vorhang und wies Thor an, das Feuer zu entfachen. Der nordische Hüne schürte ein kleines Feuer. Arjuna, der kurz darauf aus der Hütte gekommen war, füllte einen kleinen Kessel mit Wasser. Sie warteten, bis das Wasser kochte. Dann bereitete Arjuna zwei Becher Tee vor und sie begannen, die Fladen zu essen.

Der Tee duftete. Sein Aroma stimulierte und weckte jede Muskelfaser in Thors Körper. Der Donnergott wusste nicht, was das für ein Gemisch war, aber es war mächtig und trug Magie in sich. Er fragte nicht nach, denn er kannte die Kräuterhexen des Nordens. Weder verrieten sie ihre Geheimnisse außerhalb ihrer Zirkel, noch leugnete jemand im Norden ihre enormen magischen Fähigkeiten.

Die ersten Sonnenstrahlen streichelten Thors Augen. Verglichen mit der Wintersonne im Norden waren sie unglaublich warm. Zudem wehte eine Brise vom Meer her und kitzelte seine Nase. Arjuna reinigte wortkarg die Becher, verstaute sie im Rucksack, verschnürte alles und schulterte ihn. Dann warf er Thor einen halbleeren Rucksack zu und verknotete die Decken, die seine Hüttentür darstellten. Mit einem Kopfnicken Richtung Thor stiefelte er los.

Thor selbst blickte seinem Führer noch kurz hinterher. Arjuna gefiel ihm. In ihm loderte das Feuer eines Berglöwen und trotz der wenigen Worte, die er sagte, spürte er, dass Arjunas Geist flink wie der eines Hasen war. Er schaute noch einmal auf die Hütte, wandte sich dann aber wieder Arjunas Rücken zu und lief ihm hinterher.

Ihr Weg führte sie zuerst zum Hafen. Die angereisten Händler schliefen bei ihren Ständen, sodass sie auch in der Früh alles kaufen konnten. Sie besorgten sich Vorräte, wobei beide gute Jäger und auch des Sammelns kundig waren und sie sich das meiste auf dem Weg besorgen würden. Arjuna wusste genau, was er wollte. Außerdem war er ein geschickter Händler. An jedem der drei Stände, an denen sie etwas kauften, feilschte er sehr vorteilhaft. Nachdem sie alles hatten, wählten sie die Straße, die sie aus der Hafenstadt hinaus in die Wildnis führte.

Am Horizont thronten die Berge. Thor lief Arjuna hinterher und genoss den Blick. Sie wirkten majestätisch und er fragte sich, warum er nie zuvor hier gewesen war. Auf der Straße wanderten sie nicht allein. Viele Bauern und Holzsammler waren unterwegs. Händler transportierten ihre Waren mit Büffeln. Selbst eine Gruppe Schausteller kreuzte ihren Weg. Sie marschierten den ganzen Tag, bis sie ihr Nachtlager an einem Platz aufschlugen, an dem auch einige Händler nächtigten.

Sie sammelten zuerst ihren Teil Holz fürs Feuer. Dann kochte Arjuna sein goldenes Gesöff mit der magischen Kräutermischung. Die Händler schienen zu wissen, was sie erwartete und waren dankbar für die kleine Abwechslung. Als Dank teilten sie ihre Speisen mit den beiden Reisenden. Dann gingen die Becher herum. Selbst Thor probierte die

Mischung ein zweites Mal. Doch diesmal war er vorbereitet. Als die Visionen einsetzten, ließ er sich freiwillig nach hinten fallen, damit ihn die Bilder davon tragen konnten. Wie ein Schamane verwandelte er sich in einen Adler. Mit weiten Flügeln ließ er sich in den Himmel tragen. Die Wolken spielten mit seinen Federn und sein Flug führte ihn zu dem Gebirge, das vor ihnen lag. Sanft trugen ihn die kalten Winde zu den felsigen Klüften. Unter ihm zogen Händler mit ihren Yaks dahin. Dann verschwanden die letzten Sträucher. Es gab nur noch Schnee und Stein. Doch seine Schwingen trugen ihn immer weiter. Bis ein Röhren die Stille zerriss.

Ein Zittern ging durch sein Gefieder. Er wusste nicht, was es war oder woher es kam. Nur dass es mächtig war, konnte er spüren. Plötzlich verdunkelte sich die Sonne. Zuerst dachte er, die Nacht würde einsetzen. Doch als er nach vorn sah, blitzten die Berggipfel in hellem Tageslicht. Denn spürte er die Hitze und im nächsten Moment schoss ein Feuerstrahl über ihm durch die Luft.

Er legte eine akrobatische Drehung hin und dann sah er ihn. Sein Bauch war schuppig. An manchen Stellen war er vernarbt. Diese Art Narben kannte er. Sie stammten von Schwerthieben und Speerspitzen. Als Nächstes fielen ihm die riesigen Zähne auf und dann stieß das Ungetüm erneut einen kräftigen Feuerball aus. Doch statt heiß zu werden, wurde er nass.

Verwundert schüttelte sich Thor und öffnete die Augen. Über ihm stand Arjuna mit einem leeren Becher in der Hand. Hinter ihm schienen die Händler zu lachen. Wie er ihrem Gemurmel entnahm, lachten sie über ihn, weil Arjuna einen Becher kaltes Wasser genutzt hatte, um ihn aus seiner Ohnmacht zu reißen.

Mühsam richtete sich Thor wieder auf. Das Gift der Kräuter steckte noch immer in seinen Knochen und er spürte, wie es seine Muskeln lähmte. Arjuna klopfte ihm hart auf die Schulter und drückte ihm einen Fladen in die Hand. Während er den Fladen verzehrte, hörte er den Geschichten der Händler zu. Diese Karawane war über die hohen Pässe gezogen. Sie erzählten von einer Tempelstadt in den Bergen, in der alte, weise Männer herrschten. Einer der Händler berichtete von den Schneemenschen, die in den höchsten Gipfeln hausten. Thor lauschte aufmerksam. Als seine Neugier nicht befriedigt wurde, fragte er nach dem Drachen.

Stille kehrte in der Gruppe ein. Plötzlich blickten alle betreten auf den Boden. Nur Arjuna schaute weiter entspannt drein. Thor war verwundert und fragte erneut. Wieder blieb es still. Also fragte er erneut; nur diesmal fragte er, ob sie Männer oder Feiglinge wären, die sich nicht einmal trauten, über einen Drachen zu sprechen. Nur einer der Männer räusperte sich. Dann begann er leise zu erzählen. Thor erfuhr, dass es einige Pässe in den Bergen gab, auf denen der Drache eine Blutspur hinterlassen hatte. Seit ein paar Jahren zogen nur noch die Verrückten und Ungläubigen über diese Pässe. Viele von ihnen wurden nie wieder gesehen und die, die es schafften, berichteten von den zerstörten Wagen, die sie auf dem Pässen fanden und deren Besitz sie sich angeeignet hatten. Thor hörte aufmerksam zu. Ein solcher Drache war nach seinem Geschmack. Denn er versprach jedem, der ihn bezwang, großen Ruhm.

Arjuna schwieg und erzählte nichts. In der Hafenstadt hatten sie ihn an Arjuna verwiesen, weil er diese Reise bereits mehrfach unternommen hatte. Jetzt wäre eine gute Gelegenheit, um zu der Erzählung über den Drachen etwas beizusteuern. Doch sein Bergführer blieb stumm. Erst als ein Schatten über Arjunas Gesicht huschte, fragte sich Thor, welche Geheimnisse sein Führer mit sich herumtrug. Denn er wusste mehr als diese Händler. Was also hatte er erlebt?

Der Schlaf holte ihn bald, denn das giftige Gebräu steckte noch in seinen Blutbahnen. Der Schlaf war tief und traumlos. Als er die Augen aufschlug, zog die Dämmerung gerade auf. Ein kleines Feuer loderte. Als er sich umsah, fand er alle schlafend außer Arjuna. Der saß am Feuer und kaute auf einer Wurzel. Als ob er Augen im Rücken hatte, drehte er sich wie der Blitz um, als Thor seinen Blick auf ihn gerichtet hatte. Ein kaum sichtbares Nicken folgte und Thor wusste, dass es Zeit zum Aufbrechen war.

Sie zogen los, als gerade die ersten Händler erwachten. Arjuna hatte Thor einige Momente zum Trinken und Essen gegönnt, aber dann zur Eile gedrängt. Er verstand ihn, auch er mochte es nicht, zu lange zu rasten, wenn die Wildnis nach ihm rief und noch hatten sie Tage vor sich, bis sie in die Gegend des Drachen kommen würden.

Die nächsten drei Tage verliefen ruhig. Sie wanderten. Kleine Bergbäche schenkten ihnen frisches Wasser und ihre Bögen füllten die Bäuche. Am dritten Abend gelangten sie an eine Höhle und es wirkte so, als hätte Arjuna sie bewusst angesteuert. Auf einmal erkannten sie einen alten Mann mit langem Bart. Er saß im Eingang der Höhle auf einem großen Stein. Seine Augen waren geschlossen und sein Rücken war gerade wie ein Brett. Je näher sie kamen, desto mehr spürte Thor die Aura des Mannes. Aber er sah auch, wie abgemagert er war. Sein langes Haar und der Bart hatten es erst überdeckt. Doch die Gestalt auf dem Felsbrocken bestand nur aus Haut und Knochen.

Arjuna begann sich wie eine leise Katze zu bewegen. Thor war beeindruckt. Krieger hatten diese Gabe. Nur dass Arjuna besser war als die meisten. Immer öfter fragte er sich, was sein Führer gemacht hatte, bevor er begonnen hatte, Wanderer durch die Berge zu führen. Aber erstmal ging es darum, es seinem Begleiter gleichzumachen und so bewegte sich auch Thor auf leisen Sohlen.

Als sie bis auf zehn Schritte an den alten Mann herangekommen waren, begann dieser zu lächeln. Dann sagte er, dass Arjunas Fähigkeit leise zu schleichen, zwar beeindruckend sei, aber sein Gestank ihn schon vor einer Ewigkeit verraten hatte. Dann schlug er die Augen auf und die beiden begannen herzlich zu lachen. Nach einer Weile verstummte das Lachen. Arjuna wurde ruhig und wirkte auf einmal ehrfürchtig. Dann verneigte er sich und hob seinen Kopf erst wieder, als der Alte sein Haar berührt und einen Segen gesprochen hatte.

Der alte Mann lächelte und bat sie in die Höhle. Er breitete drei Haufen Stroh aus und bat sie, sich zu setzen. Die beiden Recken folgten der Einladung; wobei sich Arjuna erneut demütig verneigte und die Hände vor der Brust faltete. Der Alte fragte, wohin sie reisten. Mit geschwollener Brust berichtet Thor von ihrem Ziel. Als der Alte vom Drachen hörte und Thors Absicht erfuhr, ihn zu erschlagen, begann er zu lachen. Dann folgte ein Vortrag über Stolz, Hochmut und Ruhm, der keinen echten Wert besitzt. Thor fühlte sich wie ein kleiner Junge, der von seinem Vater übers Leben belehrt wurde. Das Schlimme war, dass er recht hatte. Im Grunde war er nur hier, weil er sich wie ein kleiner Junge gekränkt fühlte. Dennoch war er, wer er war, und umkehren war für einen Donnergott ausgeschlossen.

Zerknirscht schwieg er. Mit weisen Männern zu diskutieren, war grundsätzlich sinnlos. Auch wenn er in der Lage war, ein Schwert zu führen, so war er in der Kunst der scharfen Zunge kein Meister. Nachdem der Alte fertig war, fragte ihn Arjuna nach seinen spirituellen Fortschritten. Kaum dass er die Frage gestellt hatte, begannen die Augen des Einsiedlers zu glühen. Zuerst atmete er hörbar ein und aus, bevor er Arjuna lange anlächelte. Dann begann er zu erzählen.

Thor hörte sehr aufmerksam zu. Einiges daran kam ihm bekannt vor, weil sein Vater ihm oft davon erzählt hatte. Auf der wichtigsten Reise seiner Existenz hatte Odin sein Auge als Pfand geopfert, um Eingang in die höchsten Wahrheit Yggdrasils zu finden. Ihr Gespräch dauerte lange. Thor war in der Zwischenzeit losgegangen, um Reisig, Äste und Laub zu sammeln. Mit dem wenigen, was er fand, entfachte er ein Feuer in einem kleinen Steinkreis. Der Alte gab ihnen jeweils ein Bündel Stroh und sie machten sich ein Nachtlager. Seine müden Beine trugen Thor schnell in einen traumlosen Schlaf.

Arjuna weckte ihn mit einem Rütteln an der Schulter. Thor schreckte hoch und verspürte das Gefühl, sich noch einmal umdrehen zu wollen. Arjuna jedoch drückte ihm eine Hand voll Nüsse in die Hand. Thor aß sie schweigend und als er sich umsah, fand der den alten Höhlenbewohner auf einem Stein sitzend. Gerade wie eine Kerze und mit geschlossenen Augen saß er da. Nach einigen Schluck Wasser legten sie das Stroh zusammen und packten es in eine Kuhle am Rand der Höhle. Dann faltete Arjuna die Hände. Er verbeugte sich dreimal vor dem Alten, der weiter seine Augen geschlossen hielt. Danach setzten sie ihre Reise fort.

Ein kalter Wind empfing sie, als sie die Höhle verließen. Arjunas Antwort war ein wildes Lachen. Er drehte sich um. Mit tiefem Blick sagte er Thor, dass spätestens jetzt der Drache wusste, dass sie auf dem Weg zu ihm waren. Der Wind würde seine Nüstern mit ihrem Gestank kitzeln. Thor schluckte. In seinem Plan hatte der Überraschungseffekt eine wichtige Rolle gespielt. Dass der Drache von ihrer Ankunft erfahren könnte, hatte er nicht bedacht.

Als ob er den Gedanken gehört hatte, zerschnitt ein wildes Brüllen die idyllische Bergluft. Arjuna lachte, kommentierte es aber nicht. Thor fragte sich, wie oft Arjuna dem Untier bereits begegnet war? Wie viel wusste er über den Drachen wirklich? Denn es war keine Selbstverständlichkeit, dass er ihn dorthin führte. Alle anderen hatten vor Angst abgelehnt. Nur Arjuna nicht. War er ein verwegener Teufelskerl, der keine Angst kannte oder gab es ein paar Geheimnisse, die er bisher noch nicht mit Thor geteilt hatte?

Vor ihnen erhob sich das massive Gebirge. Ihr Pfad war kaum auszumachen. Er war schmal und gesäumt von Geröll. Aber er war da und das hieß, dass auch andere ihn benutzten. Die letzten Reste vereinzelten Gestrüpps hörten auf und der Schnee wurde dichter. Thor gefiel das Gefühl. Er mochte die Kühle, denn in ihr ruhte das wahre nordische Gefühl und auch in Asgard war es fast immer kühl.

Der Wind pfiff schärfer. Auf dem steinigen Pfad waren sie zu einer Schneise aus Schnee gekommen. Es waren keine Fußspuren im frischen Schnee zu sehen, aber wie ein ausgetrocknetes Flussbett senkte sich vor ihnen eine Schneise im Schnee, die ihnen verriet, wo der Pfad verlief. Als die Sonne sich dem Horizont näherte, steuerte Arjuna eine Bergkuppe an. Auf ihr waren Steine aufgeschüttet und boten Schutz vor dem Wind. Zusammen richteten sie das Lager her. In einer Lampe, die mit schwarzem Sud gespeist wurde, kochten sie den Schnee. Dann gab Arjuna Wurzeln, Kräuter und Knollen hinein und kochte ein warmes Süppchen. Es war nicht viel, aber Thor genoss das Gefühl. Es erinnerte ihn an seine Wanderungen durchs heilige Skandinavien.

Sie rollten sich zusammen in eine Decke. Ein Geheimnis, um im Schnee zu überleben, war, die Körperwärme zu teilen. So schliefen sie eng aneinander gepresst, bis die ersten Sonnenstrahlen durch die Ritzen der Decken drangen. Thor trat als Erster aus ihrer kleinen, improvisierten Behausung. Zuerst blendete ihn das Licht der Sonne, dass vom Schnee reflektiert wurde. In der Nacht hatte es geschneit. Mittlerweile reichte der Schnee weit über sein Knie hinaus. Dann blickte er sich um und war ergriffen von der Weite dieser Berge, die alles im Norden überragten.

Arjuna blieb unter den Decken und kochte erneut sein Süppchen. Sie aßen und tranken das geschmolzene Wasser des frischen Schnees. Dann baute Arjuna ihr Lager ab. Zum Schluss drückte er Thor ein Paar Schneeschuhe in die Hand. Es waren geflochtene Schuhe, die ihre Stiefel überragten. Sie banden sie unter ihre Stiefel. Bevor sie loszogen, sagte Arjuna, dass sie den Horst des Drachen noch vor Sonnenuntergang erreichen würden.

Thor schluckte unbewusst. Es war nicht seine Art, Angst zu haben. Und es war auch keine Angst, die seine Schritte für einen Moment stoppte. Es waren die Worte des Alten. Sie hatten ihn tief berührt und er fragte sich, ob seine Reise eigentlich nur das Eingeständnis seines Versagens war. Dabei hatte er vielleicht gar nicht versagt, sondern nur einen schlechten Tag gehabt. Doch für einen Asen war es ausgeschlossen, umzukehren. Er war in dieses Abenteuer gestartet und außer dem Tod oder Verletzungen gab es nichts Ehrenhaftes, warum er umkehren durfte.

Vor ihnen erhob sich ein massives Gefälle. Die Spitze des Bergmassivs war umsäumt von weißen Wolken. Zusammen mit dem Schnee sah es so aus, als wären sie Treppen, die in den Himmel führten. Arjuna beschleunigte seine Schritte und Thor fiel es schwer, dranzubleiben.

Plötzlich verdeckte ein Schatten ihre Schritte. Thor wunderte sich, dass er nicht bemerkt hatte, wie dunkle Gewitterwolken über ihnen aufgezogen waren. Schlagartig krachte ein großer Feuerball vor ihnen auf den Boden. Arjuna sprang wie ein Hecht zur Seite und rollte sich über den Schnee. Auch Thor schaffte es auszuweichen. Allerdings landete er weniger gekonnt seitwärts im Schnee.

Während er auf dem Boden lag, schweifte sein Blick über den Himmel. Jetzt erkannte er die dunkle Wolke. Sie war ein rotes Ungetüm. Dicke feuerrote Schuppen zierten seinen Rücken, derweil sein Bauch orange glänzte. Mit seinen asischen Augen tastete er das Ungetüm ab, bis er beim Maul hängen blieb. Die Zähne des Drachens waren so groß wie seine Ziege Zähneknirscher und die lila Zunge schlängelte sich wie eine riesige Kobra im Maul. Erneut feuerte der Drache eine heiße Bombe ab. Wie ein Irrer sprang Thor auf und hastete zur Seite, um auszuweichen, denn sonst hätte ihn das Feuer des Drachens verbrannt. Indes landete der Drache etwas von ihnen entfernt im Schnee und leckte sich mit seiner riesigen lila Zunge die Zähne.

Thor blickte zu Arjuna. Zu seiner Überraschung stand sein Führer aufrecht und lächelte. Es verwirrte ihn. Dennoch lief er zu ihm und teilte ihm mit, dass er nicht erwartet hatte, dass der Drache so riesig wäre. Arjuna nickte und forderte dann den Rest seiner Bezahlung, denn er hatte seinen Teil des Handels erfüllt. Thor händigte ihm das Versprochene aus. Plötzlich zerriss eine laute Stimme die kühle Bergluft.

Thor drehte sich um. Erst wirkte es unglaublich, aber der Drache lachte. Als ob es nicht schon genug war, fing er dann auch noch an zu sprechen. Was er sagte, verwirrte Thor. Denn das Monster sprach Arjuna direkt mit Namen an. Es fragte, ob er wieder einen verrückten Abenteurer gebracht hatte, der den Drachen erlegen wollte, um seinem unbedeutenden Leben einen Sinn zu geben und sich einen Namen zu machen? Arjuna schwieg. Als sich Thor zu seinem Bergführer umdrehte, lächelte er verlegen. Dann verneigte er sich leicht vor Thor, wünschte ihm viel Glück, drehte sich um und stapfte davon.

Erst jetzt wurde Thor bewusst, warum Arjuna bisher seine Wanderungen im Drachengebiet überlebt hatte. Wie es schien, hatte er mit dem Feuerspucker ein Abkommen und Thor schien die Ware zu sein. Thor kam sich betrogen vor. Doch eigentlich war er das nicht. Denn Arjuna hatte seinen Teil des Handels erfüllt. Er hatte ihn zum Drachen geführt und nun war es an Thor zu beweisen, dass er noch der größte Held Asgards war. Deshalb zog er seinen Hammer Mjölnir aus dem Schaft und stürmte los. Mit wildem Gebrüll hielt er auf den Drachen zu. Dieser lachte laut und spie dem Donnerer einen Feuerball entgegen. Mjölnir war ein magischer Hammer. So formte sich vor ihm eine Art Trichter, der die ganze Energie des Feuerballs kanalisierte. Dann traf das Feuer auf die Kopfseite des Hammers und ein greller Blitz entstand. Danach war das Feuer verschwunden und Thor stürmte mit dem Hammer voraus weiter auf den Drachen zu.

Dieser brüllte wütend. Scheinbar hatte er nicht damit gerechnet, dass irgendetwas sein Feuer stoppen könnte. Er richtete sich auf die Hinterklauen und begann, mit seinen riesigen Flügeln zu schlagen. Zuerst begriff Thor nicht, was der Drache vorhatte. Dieser schlug immer heftiger hin und her, hob leicht vom Boden ab, ohne in die Höhe zu steigen. Endlich begriff Thor. Doch es war schon zu spät.

Mit seinen gewaltigen Schwingen hatte er aus dem Wind, der durch seine Flügel entstand, eine heftige Sturmböe erzeugt. Diese traf jetzt auf den Donnergott. Mit seinen Stiefeln und kräftigen Oberschenkeln glaubte er dem Sturm standhalten zu können, aber er hatte die Rechnung ohne den Wirt gemacht. Denn die Kraft der Böe war so stark, dass sie ihn von den Beinen riss, in die Luft hob und weit nach hinten schleuderten. Nachdem er weit durch die Luft geflogen war, landete er.

Aber die Energie der Böe war noch nicht aufgebraucht. So rollte er rückwärts durch den Schnee und wurde wie ein Schneeball immer größer. Als er schließlich zum Stehen kam, war er zu einer riesigen Schneekugel geworden, an deren Seiten nur die Hände, Füße und der Kopf rausguckten. Höhnisches Lachen erreichte Thors Ohren. Von Weitem sah er den Drachen lachen und sich in die Luft erheben. Er flog in eine Position über Thor und fragte ihn, ob er nicht heimkehren wolle? Er hätte heute seinen guten Tag und nicht die Lust, sich den Magen an einem dürren Spargel wie Thor zu verderben. Der Donnergott konnte gar nicht anders, als abzulehnen. Denn sein Kopf verwandelte sich vor Wut in einen dampfenden Kessel. Wie ein Wilder stampfte er mit den Beinen auf den Boden, bis der ganze Schnee abgefallen war. Dann begann er sich mit seinem Hammer zu drehen, bis er ihn losließ und auf die Reise schickte.

Es knallte laut und der Drache schrie vor Schmerzen. Als Thors Kopf aufgehört hatte, sich innerlich zu drehen, sah er hin. Wie es schien, hatte Mjölnir die Pfote des Drachen getroffen, die dieser schützend vor sich gehalten hatte. Jetzt begann Thor zu lachen. Für einen Moment trafen sich die Augen der beiden und sie schienen zu verstehen, dass sie ihren Gegner unterschätzt hatten.

Der Drache erholte sich von seinem Schock und stieg höher. Erneut sandte er einen Feuerball in Thors Richtung, den dieser wieder mit seinem Hammer neutralisierte. Dem Drachen war das egal und er flog in Richtung der hohen Bergkuppe, von der Arjuna erzählt hatte, dass sich dort der Horst des feuerspuckenden Ungetüms befand. Der Aufstieg dorthin war weit und hart. Da die Sonne in ihren letzten Zügen stand, entschied er sich für die Nacht, Unterschlupf in einer Höhle zu suchen, die er beim Aufstieg entdeckt hatte. Er lief also zurück, bis er die Höhle erreichte. Dann hüllte er sich in seinen Umhang und gab sich einem kalten, aber erholsamen Schlaf hin.

Wilde Träume quälten seinen frierenden Leib die ganze Nacht. Als die ersten Sonnenstrahlen über die Berge streiften, erwachte Thor mit einem knurrenden Magen. Leider hatte Arjuna alle Vorräte mitgenommen, wohl in der Annahme, dass Thor am nächsten Tag längst nicht mehr am Leben sein würde. Er trat vor die Höhle und stopfte sich etwas Schnee in den Mund. Ein echter Krieger musste mit Hunger umgehen können und Thor hatte viele Schlachten geschlagen, in denen er manchmal tagelang nichts zu essen gehabt hatte. Der Hunger würde seinen Willen nur fokussieren und ihn zu einem noch gefährlicheren Krieger machen.

Schnell stellte der Donnergott fest, dass er nicht der einzige Krieger in den Bergen war. Ein markerschütternder Schrei zerriss die Stille der Berge. In der Ferne sah Thor einen Schatten, der durch die Wolken zog. Plötzlich leuchtete eine Feuerfontäne am Horizont. Der Donnerer hielt an und sah sich das Gebirge an. Sein erstes Problem war, dass es nur einen Weg zur Spitze gab. Zwar könnte er um den Berg herumlaufen und darauf hoffen, dort einen besseren Weg zu finden, über den er sich anschleichen könnte. Aber das würde sicher zwei Tage kosten. Zeit, die er nicht hatte; vor allem weil sein zweites Problem darin bestand, dass er etwas vom Drachen wollte und nicht umgekehrt. Das Ungeheuer konnte ganz gemütlich auf den Kampf warten. Da er keine Wahl hatte, setzte er seinen Weg fort.

Der Weg zum Bergkamm war beschwerlich. Als er ihn erreichte, bereitete er sich auf den Angriff vor, der jederzeit erfolgen konnte. Zu seiner Überraschung passierte nichts. Selbst am Himmel gab es kein Zeichen des Drachen. Thor stapfte weiter. Die Schneise des Passes war schmal. Zu seiner Rechten ging es in die Tiefe und zu seiner Linken erhob sich das Bergmassiv. Der Schnee strahlte weiß und erinnerte ihn an die strahlende Kraft der Walküren aus Asgard.

Die Spitze des Berges kam in Sicht, doch noch immer gab es kein Zeichen des Drachen. Thor fragte sich, ob sich das Ungeheuer verzogen hatte, weil es erkannt hatte, dass es keine Chance gegen seinen Hammer Mjölnir hätte. Da hörte er plötzlich ein Knirschen. Es klang, als würde jemand durch

Geröll marschieren. Sofort brachte er sich in Angriffsstellung und sah sich um. Falls der Drache auftauchte, würde er ihn in Stücke hauen. Auch auf dessen Feuer war er vorbereitet. Denn Mjölnirs magische Macht würde ihn vor den Feuerbällen schützen. Somit müsste er nur durchhalten, bis sich eine Lücke auftat. Diese würde er nutzen und den Triumph einfahren.

Das Geräusch wurde lauter. Doch noch immer war nichts zu entdecken. Plötzlich traf ein Kieselstein auf seinen Stiefel. Thor guckte verwirrt nach unten. Erst war nichts zu sehen, doch schon rollte ein zweiter und dritter kleiner Stein heran. Er drehte sich zur Seite und blickte mit aufgerissenen Augen den Abhang hinauf. Eine Lawine aus Geröll und Steinen bahnte sich den Weg hinunter zu ihm. Doch das war nicht das einzig Überraschende. Oben auf der Spitze des Bergrückens machte er die roten Nüstern des Drachen aus. Böse und hämisch funkelten seine Augen.

Doch der Drache war gerade Thors kleinstes Problem. Wenn er nicht schnell wegkam, dann würde ihn die Lawine überrollen und mit in die Tiefe reißen. Er nahm die Beine in die Hand und rannte los. Die Steine wurden größer. Aus dem Augenwinkel sah er, wie nah die Lawine aus Schnee und Geröll bereits war. Immer größere Steine knallten ihm vor die Füße. Doch er hatte Hoffnung, es zu schaffen.

Plötzlich schob sich eine weiße Masse vor seine Augen. Als Nächstes verlor er das Gefühl unter den Füßen. Thor wurde zu einem Fisch in einem Ozean aus Schnee, der von der Flut davongetragen wurde. Er vergaß, wo oben und unten war, merkte aber, dass er sich drehte. Er rauschte mit dem Schnee, bis er auf einmal gegen etwas Hartes knallte und zum Stehen kam.

In seinem Kopf drehte sich alles. Außerdem schmerzte seine Schulter, denn der Aufprall war hart gewesen. Zum Glück war es nicht die Waffenhand und er konnte trotzdem ungehindert weiterkämpfen. Um sich aus dem Schneehaufen zu befreien, nutzte er den Hammer wie eine Schaufel. Mühsam drückte er den Schnee zur Seite. Ein kleiner Tunnel entstand. Wie ein Maulwurf grub er sich vorwärts, bis endlich der erste Strahl Sonnenlichts durch den Schnee traf. Dann kämpfte er sich weiter durch das enge Loch, bis er oben aus dem Schnee zum Vorschein kam.

Ein Blick zur Sonne und ein Dankgebet für das Glück, diese Lawine überlebt zu haben. Als er sich umguckte, wurde ihm bewusst, wie haarscharf er einer Katastrophe entgangen war. Einige große Steine hatten ihn gebremst und sie waren auch verantwortlich für seine schmerzende Schulter. Aber zu seiner Verwunderung waren diese Steine seine Rettung gewesen. Denn hinter ihnen war ein steiler Abgrund. Wäre er dort runtergefallen, dann wären Schulterschmerzen sein kleinstes Problem. Er würde unten am Grund der Klippe liegen, zermatscht wir eine Flunder.

Ein Schatten breitete sich über ihm und dem Schneeball aus. Es war das feurige Ungetüm. Seine Augen funkelten böse, so als wäre es nicht zufrieden, Thor noch lebendig zu sehen. Dann fluchte der Drache. Er nannte Thor Unkraut, das einfach nicht vergehen wollte. Thor wurde klar, dass diese Lawine vom Drachen ausgelöst worden war. Sein Plan schien es gewesen zu sein, den Donnergott für immer unter den Schneemassen in der Schlucht zu begraben. Ihm wurde klar, dass es Zeit für den finalen Kampf war.

Er kletterte vom Schnee herunter, begann seinen Arm zweimal zu drehen. Dann warf er den Hammer nach dem

Drachen. Keine zwei Sekunden später traf die asische Waffe auf die Brust des Gegners. Es knallte, als Mjölnir einschlug. Ein markerschütternder Schrei zerriss die idyllische Bergluft. Thor grinste. Viele Riesen bleiben schon nach einem dieser Hammerschläge liegen. Der Drache jedoch fluchte nur laut. Wieder nannte er Thor stinkenden Abschaum, der vernichtet gehörte. Mit einem Feuerstoß ließ er seinen Worten Taten folgen. Thor rettete sich erneut mit einem Hechtsprung. Aber es war knapp und ein Teil seiner Hose war tatsächlich angesenkt. Darum stürmte er los. Zu seiner Überraschung schien der Drache ähnlich zu denken. Brüllend lief er Thor entgegen, der seinerseits noch schneller lief. Es knallte, als die beiden aufeinandertrafen.

Mit seinem Hammer hieb er immer wieder zu. Er versuchte eine Schwachstelle in der Deckung des Drachen zu finden. Doch dieser war gut. Er parierte alle Angriffe und startete mit seinen riesigen Krallen eigene Attacken. Dann gelang der erste richtige Treffer und der Getroffene wich mit schmerzverzerrtem Gesicht zurück. Thor betaste die Stelle, wo die messerscharfen Krallen ihn aufgeschlitzt hatten. Der Schmerz war höllisch, aber er schluckte ihn runter. Seine Wunden konnte er später lecken. Jetzt ging es um Mut und da war kein Platz für Schwäche.

Thor riss den Hammer in die Luft und schrie mit göttlicher Stimme. War der Himmel eben noch strahlend blau gewesen, formten sich plötzlich dunkle Wolken und ein wilder Wind zog auf. Wie ein Tornado begann das Hexensüppchen am Himmel zu kochen. Die Urgewalt war so enorm, dass selbst der flugfähige Drache ängstlich nach oben sah. Dann zerriss ein greller Blitz die Dunkelheit. Er knallte direkt auf die Spitze Mjölnirs, die Thor wie ein wahnsinniger Berserker in die Luft hielt. Der Donnergott leuchtete hell und sein Hammer versprühte Funken. Dann stürmte er los. Mit dem Willen eines Wolfskriegers und dem Geschick einer Walküre drosch er auf den Drachen ein. Dieser versuchte die Hiebe abzuwehren. Doch seine Krallen hielten der Macht von Blitz und Donner nicht stand.

Fauchend wehrte er die ersten Hiebe ab. Doch nach dem ersten Dutzend von Thors Attacken verwandelte sich sein Fauchen in schmerzerfülltes Wimmern. Mjölnir war göttlichen Ursprungs. Auch ein mächtiger Drache konnte seiner Macht nichts entgegensetzen. Langsam trieb Thor ihn zurück, bis sie den Rand einer Klippe erreichten. Erneut hob Thor seinen Hammer. Gekonnt führte er ihn von oben, ließ dann aber seinen Arm kreisen, sodass der folgende Hieb plötzlich von unten kam. Der Drache hatte seine Klaue erhoben, um den Hieb abzuwehren. Geschwächt von den vorherigen Hieben, sah er diesen nicht kommen. Mit voller Wucht traf Thor die Schnauze des riesigen Tieres von unten. Augenblicklich klappte der Kopf nach oben und dann nach hinten. Aufgrund der Stärke des Hammerhiebes folgte dem Kopf der ganze Körper. Der Drache stürzte rückwärts den Abhang hinunter. Thor lächelte. Langsam trat er an den Rand und spähte runter.

Er hoffte, den Kampf so entschieden zu haben. Denn vom Drachen war nichts zu sehen, bis sich auf einmal in einiger Entfernung die Flügelspitzen des roten Drachen erhoben. Kreischend flog er davon. Der Donnergott sah seinem Gegner nach. Da er den Kampf begonnen hatte, musste er ihn zu Ende führen. Also wartete er, wohin der Drache flog.

Das Ziel der riesigen Flugechse war der hohe Gipfel, auf den Arjuna zu Beginn ihrer Reise gezeigt und ihn das

Drachenhorst genannt hatte. Es würde einige Zeit dauern, dorthin zu gelangen. Aber wenn er sich beeilte, wäre er vor Einbruch der Nacht dort und könnte das Ungetüm in den Resten des Tageslichts erschlagen. So zögerte Thor nicht länger und machte sich auf den Weg. Er erklomm den Bergrücken, der vor ihm lag. Dann folgte ein längerer Abstieg, bevor er den Bergkamm erreichte, auf dessen Spitze der Drachenhorst sein sollte.

Die ersten Spuren tauchten auf. Der Drache hatte die Abdrücke seiner riesigen Krallen im Schnee hinterlassen. Was nicht zu übersehen war, waren die Blutspritzer. Das Tier war verwundet und damit eine noch leichtere Beute. In seinem Hammer glühten noch immer die Energien von Blitz und Donner. Sie würden ausreichen, um dem Drachen den Rest zu geben. Ein Schrei zerriss die Luft. Wahrscheinlich hoffte der Drache, ihn damit doch noch vertreiben zu können. Aber Thor hatte geschulte Ohren. Er spürte, dass der Ruf des Drachen sich verändert hatte. Der Stolz war gewichen und hatte der Angst Platz gemacht.

Dann sah er ihn. Mit funkelnden Augen starrte ihn der Drachen an. Ohne weiter zu zögern, begrüßte er Thor mit einem Feuerball. Diesen absorbierte sein Hammer mit Leichtigkeit. Auch ein Zweiter und Dritter prallte einfach am Hammer ab. Das Funkeln in den Augen des Drachen wurde schwächer. Scheinbar hatte er den Ernst der Lage erkannt. Thor fragte sich nur, warum er nicht abhob und von dannen flog.

Dann sah er es. Bisher hatte der Drache sich mit gespreizten Pfoten so aufgestellt, dass sein Körper den Blick auf das versperrte, was er beschützte. Was Thor jetzt erkannte, war ein Nest mit fünf riesigen Eiern. Statt kleine

Zweige wie die Vögel hatte der Drache Baumstämme genommen, um das Nest zu bauen, denn die Eier waren größer als ein ausgewachsenes Schlachtross.

Thor hielt inne. Das Ganze passte nicht zu dem Bild in seinem Kopf. Vor ihm stand ein feuerspuckendes Monster. Es war nicht möglich, dass es eine liebevolle Mutter sein könnte. Irritiert fragte er den Drachen. Was er dann zu hören bekam, ließ die restliche Kraft aus Blitz und Donner aus seinem Hammer fließen. Der Drache erzählte, dass sie die letzte ihrer Art war. Die fünf Dracheneier waren ihre letzte Brut. Fast hundert Jahre war sie schon auf dem Berg, um zu brüten. Im Grunde stand das Schlüpfen der Drachenbabys kurz bevor.

Thor steckte den Hammer zurück in den Schaft. Er war hier, um seinem Namen Ehre zu machen, aber indem er eine brütende Mutter erschlug, würde er höchstens seine Ehre verlieren. Sein Blick schweifte über die blutenden Stellen, an denen sein Hammer zugeschlagen hatte. Zähneknirschend wies er den Drachen an, sich zu ihren Eiern zu legen. Dann drehte er um und stapfte zurück bis zur Höhle des alten Mannes. Dieser begrüßte ihn mit einem Blick, als ob er alles verstehen würde. Mit den Worten, dass Drachen anders wären als Menschen denken, begann er seinen Vortrag. Was dann folgte, war ein Marsch zurück in die Hafenstadt, wo Arjuna große Augen bekam, als er Thor lebend zu sehen bekam. Dann fing er an zu lachen. Thor setzte sich zu ihm und bat um etwas von seinen berauschenden Kräutern. Während er seine Geschichte erzählte, kochte Arjuna heißen Sud.

Die Nacht wurde wild. Schon nach drei Bechern war Thor das erste Mal mit Halluzinationen umgefallen. Arjuna hatte höllisch gelacht und ihn mit heftigen Ohrfeigen wieder zurückgeholt. Dann hatten sie zum ersten Mal offen geredet. Arjuna hatte gestanden, dass er auch einst versucht hatte, den Drachen zu töten, um sich einen Namen zu machen. Aber dann hatte er erfahren, dass sie der letzte Drache ihrer Art war und die Eier die einzige Hoffnung für die Zukunft der weisen Drachen. Denn sie war nicht nur ein gigantisch, feuerspuckendes Ungetüm, sondern auch ein tausende Jahre altes Wesen, das mit den weisesten Männern der Menschheit zusammengesessen und von ihnen gelernt hatte. Von da an hatte er ihr geholfen und jetzt war es an Thor, sich ihm anzuschließen.

In den nächsten Wochen brachten die beiden Männer Kräuter und Nahrung zum Drachenhorst, damit der Drache genesen konnte. Während die Wunden langsam heilten, erlebten sie das Wunder, dass sich erste Bewegungen in den Eiern zeigten. Dann war es endlich so weit und die jungen Drachen schlüpften. Thor und Arjuna blieben beim Horst für Tage und halfen den Jungen bei ihren ersten Schritten. Dann kam nach langer Zeit der Tag, an dem Thor Abschied nahm. Als er dann Heimdall rief und der ihn zurück nach Asgard holte, staunte der neunmüttrige Gott, genauso wie später die Männer in der Walhalla, als der Sohn des Donners mit einem jungen Drachen als Begleiter zurückkam.

Alter Kriegsgott

Der Wolf heulte. Der volle Mond schien hell und der Schnee reflektierte seinen Glanz. Ein frischer Wind wehte leichte Schneewehen über den Hügel. Es wirkte mystisch wie aus einer anderen Welt, als aus dem Unterholz eine weitere Gestalt trat und begann, mit dem Wolf zu heulen. Plötzlich trat aus dem Dunklen des Waldes der Rest des Rudels und stimmte in das mondsüchtige Konzert ein.

Dann erhob sich die Gestalt und riss ihre Arme in die Luft. Im Mondschein war zu sehen, dass ihre Schwurhand fehlte. Nur ein kahler Stumpf reckte sich in die Höhe, aber das hielt den Stumpf nicht davon ab, sich eine Sekunde später wie ein Silberrücken auf die Brust zu schlagen. Wild trommelte er. Während die Wölfe weiter heulten, brüllte er in die Weiten der Nacht.

Ein Blitz zuckte über den Himmel und zog hinter sich einige dunkle Wolken her. Der Wetterumschwung kam überraschend und mit ihm setzte Schneefall ein. Das Wintergewitter zog über ihnen auf und veränderte die Atmosphäre. Alles wirkte auf einmal bedrohlich. Als ob ihn das Gewitter angekündigt hatte, trat plötzlich ein riesiges Ungetüm über die Waldgrenze. Ohne länger zu zögern, brüllte es und in diesem Moment verstummten die Wölfe und die einarmige Gestalt.

Alles schien nur auf diesen Moment hinausgelaufen zu sein: Ohne länger zu zögern, rannte der Einarmige und sein wildes Wolfsrudel los. Der Schnee verschluckte ihre Pfoten, aber sie waren Kinder des Winters und wussten, wie sie schnell zu ihrem Ziel gelangten. Das schien der Angreifer längst entdeckt zu haben. Mit der Leichtigkeit wie jemand, der ein Blatt vom Baum abreißt, knickte er den Baum zu seiner Rechten um und riss ihn aus dem Boden. Wütend schleuderte er ihn dem Einarmigen und seinem Rudel entgegen.

Die Wölfe waren flinke Tiere und fast hätten es alle geschafft, dem Baum auszuweichen. Aber eines der älteren Tiere befand sich mitten in der Flugbahn und das Alter nagte bereits böse an seinen Reflexen. Mit seinen archaischen Instinkten und seinem dritten Auge spürte der Einarmige, wie der Baumstamm den Wolf aus dem Leben reißen würde. Sein Gerechtigkeitswille war zu groß, als dass er das zulassen konnte.

Ein Eisriese hatte in Midgard nichts verloren. Alte und mächtige Bannzauber schützten die Erdlinge vor den kalten Horden. Sehr lange war kein Eisriese mehr gesehen worden, aber bevor er sich um den Grund kümmern konnte, musste er seinen Freund retten. Wie ein Hase schlug er einen Haken und mit der Geschwindigkeit eines Drachen preschte er vor. Mit der Schulter voraus prallte er gegen den Baumstumpf und schleuderte ihn so aus seiner Flugbahn.

Der Einarmige landete im Schnee. Wildes Geheul riss ihn aus seiner Benommenheit. Er sah sich um und erkannte, wie eines der Jungtiere von einem Schlag der riesigen Pranke durch die Luft geschleudert wurde. Der Schnee bremste seinen Fall und doch würde er Blessuren davon tragen, denn die Eisriesen waren sehr stark.

Die anderen Wölfe des Rudels attackierten die frostige Gestalt von allen Seiten. Mit schnellen Bissen fügten sie ihm kleine Wunden zu. Aber der Eisige ließ sich das nicht gefallen. Er stampfte und trat wild um sich. Immer wieder erwischte er ein Tier und beförderte es mit einem Tritt durch die Luft. Die erwachsenen Tiere steckten die Tritte weg und griffen kaum einen Augenblick später schon wieder an. Aber die Jungen steckten es schwerer weg und eines der beiden Jungtiere schien bereits zu lahmen.

Der Uralte erhob sich in Windeseile. Brüllend sprintete er los, um seinen Freunden zu helfen. Wütend blickte sich der Eisriese um und antwortete ebenfalls brüllend und mit einem furchtbaren Prankenhieb, mit dem er das Alphatier des Wolfsrudels jaulend durch die Luft beförderte. Das Tier rollte über den Boden, aber richtete sich sofort wieder auf und griff den Riesen erneut an.

Als der Einarmige den Riesen erreichte, trat dieser sofort nach ihm. Gekonnt wich er dem Fuß des Riesen aus, sprang hoch und schlug zu. Der Faustschlag prallte am Bauch des eisigen Monsters ab, aber diesmal ließ er sich nicht beirren und schlug erneut zu. Als das nicht half, drückte er mit der Schulter voraus gegen das Knie des Riesen. Endlich spürte er, dass sich das Ungetüm bewegte.

Seitdem das Ungeheuer aufgetaucht war, hatten sie sich ihm zweimal gestellt und zweimal den Kürzeren gezogen. Aber sie konnten nicht weiter zulassen, dass er weiter eine Schneise in den Wald schlug. Es war der Lebensraum vieler Tiere und der Einarmige verehrte die Bäume. Denn sie waren alte Wesen, die große spirituelle Energie besaßen.

Als ob er seine Gedanken gelesen hatte, riss der Riese einen weiteren Baum aus dem Boden. Wie eine Keule drehte er sie über seinem Kopf. Der Einarmige drückte erneut mit seiner Schulter gegen den Riesen und hoffte ihn so, aus dem Gleichgewicht zu bringen. Tatsächlich wankte er, aber das verhinderte nicht, dass er mit dem Baumstumpf zuschlug. Brutal traf der Baumstamm den Kopf des Uralten und rammte ihn in den Boden. Ohne lange zu zögern, hieb der Riese ein zweites und drittes Mal zu. Jedes Mal klingelten die Glocken im Kopf des Einarmigen.

Wieder musste er einsehen, dass sie dem Eisriesen unterlegen waren. Denn das Jaulen seiner tierischen Freunde wurde größer. Das war kein einfacher Eisriese. Dieses Ungetüm gehörte zur Elite der Eiskrieger und wieder fragte er sich, wie er es geschafft hatte, durch die magischen Barrieren zu kommen. Aber diese Gedanken konnte er sich später machen, denn die Situation wurde zu brenzlig. Es war Zeit für den letzten Teil ihres Plans und ohne länger zu zögern, blickte er zum Mond hoch und begann zu jaulen.

Die wilden Wölfe verstanden das Zeichen. Während die ausgewachsenen Tiere den Riesen weiter attackierten, zogen sich die anderen zusammen mit dem Einarmigen zurück. Kaum dass sie etwas Abstand gewonnen hatten, zog sich auch der Rest des Rudels zurück. Der Riese brüllte siegessicher, riss noch einen Baum aus und warf ihm den Alphatier hinterher, der jedoch gekonnt auswich. Sie liefen bis zu einer kleinen Anhöhe, dann warteten sie.

Wie zu erwarten war, folgte ihnen der Riese. Sie ließen ihn näher kommen und kurz bevor er sich die ersten Wölfe schnappen konnten, liefen sie wieder los. Erneut stoppten sie in Sichtweite des Riesen. Der schleuderte einen Stein nach ihnen und hätte fast eines der Jungtiere getroffen, hätte der Uralte nicht seine Flugbahn umgelenkt. Wütend darüber lief der Riese los und endlich schienen sie ihn da zu haben, wo sie ihn haben wollten.

Die Jungtiere und die alten Wölfe rannten vor und heulten wie verrückt. Nur der Einarmige, der Alphawolf und sein Weibchen blieben zurück. Als der Riese bei ihnen ankam, verwickelten sie ihn in einen Kampf. Die Wölfe bissen ihm kleine Wunden und der Einarmige warf ihm Schneebälle ins Gesicht. Wütend schlug das frostige Ungetüm um sich, aber die drei waren zu agil und wichen gezielt aus.

Dann folgten sie dem Rest des Rudels, aber so, dass sicher war, dass ihnen der Riese hinterherlief. Dieses Manöver wiederholten sie noch mehrmals. Besonders die harten Schneebälle regten den Riesen auf, denn sie trafen fast jedes Mal seine Augen und er musste sich den Schnee aus den Augen wischen. Mittlerweile beeinträchtigten sie schon seine Sicht, aber das war auch ihr Ziel gewesen und vielleicht der wichtigste Teil des Plans.

Während er ihnen weiter nachlief und wild um sich schlug, wurden seine Schläge unpräziser, da er zunehmend alles verschwommen sah. Nach einem weiteren Schneeball trat der Einarmige dem Riesen in seine Weichteile. Zornig brüllte er und schlug um sich. Mit einem wilden Salto beförderte sich der Einarmige aus dem Radius der Riesenschläge und ließ direkt einen weiteren Schneeball auf die Augen niederregnen.

Damit reichte es dem Riesen endgültig und er lief wutentbrannt los. Die beiden Alphas und der Einarmige rannten ebenfalls los. Vor sich in der Ferne sahen sie das Rudel, das sich wartend am vereinbarten Treffpunkt versammelt hatte. Als sie dann kurz davor waren, die anderen zu erreichen, machten sie den Weg frei. Auch die beiden Alphas preschten zur Seite weg. Der Riese nahm das nur am Rand wahr. Sein Ziel war der Einarmige. Er wollte ihn zerquetschen und anschließend auf einem kleinen Feuer rösten, damit er ihn nie wieder mit Schneebällen nerven könnte.

Urplötzlich stoppte der einarmige Gott, der in Midgard Tyr genannt und so sehr verehrt wird, dass sie den Dienstag nach ihm benannt hatten. Er lächelte. Der Riese realisierte, dass sein Ziel in greifbarer Nähe war und beschleunigte seinen Lauf. Freudig realisierte er, dass sein Gegner vor Angst erstarrt war. Dann schnappte er zu oder vielmehr versuchte er, Tyr mit seinen beiden Pranken zu fangen. Der rollte sich in der letzten Sekunde ab. Der Riese steuerte nach und griff tiefer, um wenigstens ein Bein des Einarmigen zu ergreifen. Doch es misslang nicht nur, er verlor auch das Gleichgewicht und stürzte.

Für das Rudel war das noch besser als erwartet. Sie hatten geplant, ihn jetzt gemeinsam anzugreifen, um ihn nach hinten zu treiben. Aber er verlor von ganz allein das Gleichgewicht. In der Dunkelheit hatte das frostige Ungetüm übersehen, dass sich hinter Tyr ein dunkler Schlund geöffnet hatte. Sie standen an dem steilen Abhang, der in eine tiefe, felsige Schlucht führte. Der Riese rutschte direkt über die Kante. Tyr war zwar sofort zur Stelle, um nachzuhelfen, aber alles, was er noch tun musste, war es, dem Ungetüm zuzusehen, wie es mehrfach gegen die Felsen schlug und dann unten reglos liegen blieb.

Während er zufrieden in die Schlucht spähte, trat das Rudel an seine Seite. Vorsichtig schauten die Wölfe runter. In der Dunkelheit war nur ein Schatten zu sehen. Der bewegte sich definitiv nicht mehr. Doch sie konnten sich nur sicher, wenn sie es überprüfen würden. Falls der Riese überlebt hatte, mussten sie schnell sein, um ihn zu töten. Denn nur solange wie er geschwächt war, war er ein leichtes Opfer. Das Alpha jaulte und dann rannten sie los.

Sie mussten einmal im Bogen um den großen Abhang, um nach unten zu kommen. Obwohl sie schnell waren, dauerte es einige Zeit, ehe sie den Grund der Schlucht erreichten. Der Einarmige befürchtete schon, der Eisriese könnte überlebt oder sich wieder erholt haben. Vielleicht war er bereit für einen neuen Angriff. Aber als sie unten ankamen, fanden sie den zermatschten Leib des hellblauen Riesen. Zufrieden sahen sie sich das Ungetüm an, bis Tyr seinem Instinkt folgte. Er hob einen großen Stein auf und lief zum Kopf des Riesen. Dann schlug er zu. Er beließ es nicht bei einem Mal, sondern hämmerte weit über einhundertmal auf den Schädel ein, bis dieser völlig zermatscht war. Sicher war sicher, dachte Tyr.

Die Wölfe hatten ihm zugesehen. Blutbeschmiert sah er sie an und dann jaulten sie freudig. Sie hatten gesiegt und der Wald war wieder sicher. Plötzlich hörten sie ein Heulen, das ungewöhnlich war. Die älteren Tiere waren oben am Abhang geblieben, um ihre Kräfte nach dem langen Kampf wieder aufzuladen. Jetzt jaulten sie, als ob sich eine große Gefahr näherte.

Der Alphawolf antwortete mit einem Jaulen und schon einen Augenblick später stürmten der Uralte und das Rudel wieder um den Abhang herum, bis sie oben angekommen waren. Der Aufstieg dauerte noch länger, aber als sie oben angekommen waren, erkannten sie, weswegen die älteren Tiere gejault hatten.

In der Ferne stieg eine schwarze Rauchsäule. Tyr wusste, dass es eine der wenigen Siedlungen der Menschen war, die es hier im hohen Norden gab. Sie brannte und es machte nicht den Eindruck, als würden die Menschen versuchen, den Brand zu löschen, um ihren Besitz schützen. Das war ungewöhnlich, denn die Midgardmenschen liebten ihren Besitz über alles, was einer der Gründe war, weshalb Tyr selten zu ihnen ging. Aber es war verdächtig genug, um herausfinden zu wollen, was dort vor sich ging.

Zuerst ging er zu den Jungtieren und streichelte ihre Köpfe. Dann sah er sich die alten Tiere an. Keines hatte ernsthafte Verletzungen vom Kampf mit dem Riesen davongetragen. Zuletzt lief er zu den beiden Alphawölfen. Sanft berührte er mit seiner Stirn den Kopf des Weibchens. Dann ließ er sich kurz das Gesicht vom Anführer des Rudels lecken. Ohne weiter zu zögern, lief er los. Er wusste, der Wald war vorerst sicher, zumindest falls das Feuer der Menschen nicht auf sie übergriff.

Obwohl er schnell lief, dauerte es über eine Stunde, ehe er das Dorf erreichte. Von Weitem hatte er bemerkt, dass jedes einzelne Haus in Flammen stand. Im Dorf musste sich ein Drama ereignet haben. Schon bevor er die ersten Häuser erreichte, fand er mehrere Leichen. Überraschenderweise waren es keine Krieger, die von einem Feind erschlagen worden waren. Sondern es waren zwei Frauen und ein Kind. Nach einer Untersuchung erkannte er, dass ihnen eine dunkle Macht das Rückgrat gebrochen hatte.

Tyr fragte sich, welche Fanatiker unschuldige Frauen und Kinder massakrierten? Gewöhnlicherweise machten die Kriegsherren sie zu Sklaven, um sie zu verkaufen; natürlich erst, nachdem sie sich an ihnen vergangen hatten. Aber sie einfach zu ermorden, ohne mit ihnen Geld verdienen zu wollen, passte nicht zur Habgier der Menschen.

Die Langhäuser brannten lichterloh. Das Vieh lag tot auf dem Boden. An einigen erkannte er riesige Bissspuren. Sie weckten eine furchtbare Befürchtung, aber er war nicht bereit, das Unmögliche zu akzeptieren, solange er keine echten Beweise dafür hatte. Er lief die lange Straße lang, an der die Behausungen standen. Er fand keine lebende Seele. Weder Dorfbewohner noch Angreifer traf er an. Deshalb begann er, die ersten Häuser zu untersuchen.

Die Spuren waren eindeutig. Zudem fand er mehrere Leichen. Einige steckten inmitten der Feuerbrunst. Aber einige waren außerhalb ihrer Häuser gestorben. Manche hatten zertrümmerte Schädel oder abgerissene Gliedmaßen. Anderen war wie bei den Leichen vor dem Dorf das Genick gebrochen worden. Daneben gab es frische Fußspuren. Sie ließen keinen Zweifel mehr daran, welche Bestien das Dorf verwüstet hatten.

Die riesigen Fußabdrücke und die Art, wie die Menschen abgeschlachtet worden waren, zeugten von einem Angriff der Riesen. Da sie mit dem Riesen über viele Stunden gekämpft hatten und die Menschen nicht mehr als vier Stunden tot waren, konnte es nicht derselbe Riese gewesen sein, den sie die Schlucht heruntergestürzt hatten.

Diese Nachricht war doppelt schlimm. Zum einen hieß es, dass die Tiere des Waldes weiterhin gefährdet waren. Aber das war nur die eine Seite der Medaille. Es hieß nämlich auch, dass die alten Schutzsiegel zerstört worden waren. Das war unglaublich. Denn die Schutzzauber, mit denen Asgard die Eingänge zu Midgard geschlossen hatte, zählten zu den mächtigsten Zaubern in Yggdrasils Welten.

Er folgte den Fußspuren. Sie führten ihn aus dem Dorf heraus und zu den südlichen Gebieten. Dort gab es weite schneebedeckte Heidelandschaften und im Sommer war das Gebiet sumpfig unter ständigem Permafrost. Scheinbar waren es drei Riesen gewesen. Das stellte noch immer keine echte Gefahr dar. Aber dennoch musste er sie schnell ausschalten, um die Wälder und Dörfer zu schützen. Auch wenn es nicht viele Menschen waren, die so hoch im Norden lebten, so waren es mindestens zehn Siedlungen, die mit einem Tagesmarsch zu erreichen waren. Jedes von ihnen lief Gefahr, genauso niedergebrannt zu werden.

Tyr schrie wie ein wildes Tier. Dann nahm er die Füße in die Hand und sprintete mit göttlicher Energie los. Auf diese Art erreichte er die südliche Heide schnell. Schon einige Zeit vorher hatte seine Nase den unverkennbaren, widerlichen und stinkenden Geruch der Riesen wahrgenommen. Er war ungewöhnlich stark. Als er dann näherkam, wurde ihm klar warum. Mindestens zwei Dutzend Rauchsäulen stiegen in den Himmel auf. Als er noch näherkam, sah er locker vier bis fünf Riesen um jedes Feuer sitzen.

Resigniert verkroch er sich hinter einem großen Stein. Mit vier oder fünf Riesen wäre er fertig geworden. Selbst einem Dutzend hätte er sich ohne zu zögern gestellt. Aber vor ihm kampierte eine ganze Horde Eisriesen. Über den Feuern brieten sie das geraubte Vieh und die Anzahl der Tiere ließ vermuten, dass sie mehr als ein Dorf überfallen hatten. Er begann, die Monster zu zählen, hörte aber bei hundert auf. Es gab keine Möglichkeit, sie allein zu besiegen.

Ähnlich wie ein Hirsch röhrte er, aber er rief damit kein Weib. Dennoch wurde sein Ruf erhört. Zuerst waren es zwar die Riesen gewesen, die wutentbrannt angerannt kamen und ihm Steine entgegenschleuderten. Aber dann war es der eigentliche Empfänger, der sein Zeichen sandte. Ein bunter Schimmer entstand am Himmel. Der mächtige Bifröst, die Regenbogenbrücke, die nach Asgard führte, hüllte Tyr ein und einen Augenblick später war er wie vom Erdboden verschwunden.

Er materialisierte in der Burg des neunmüttrigen Heimdall. Dieser begrüßte seinen alten Waffenbruder, aber ward sich sofort des ernsten Gesichts des uralten Gottes gewahr. Neugierig fragte er, was einen abgebrühten und erfahrenen Kriegsgott zum Schwitzen brachte? Tyr hielt nichts zurück, denn er hielt nie etwas zurück und sprach immer, wie es Wahrheit war und sein Herz fühlte. Nachdem er fertig war, sah Heimdall genauso ernst aus wie er.

Der große Wächtergott blies in sein Horn. Die Melodie gab jedem in Asgard zu verstehen, dass es eine Aufgabe für Helden gab. Dieses Horn war sehr wichtig. Heimdall konnte auf ihm verschiedene Melodien spielen, die jede:r in Asgard kannte und verstand. Es gab auch eine ganz spezielle Melodie für den Fall, dass Asgard angegriffen wurde. Aber kein Gott und keine Göttin in Asgard glaubte, dass sie jemals nötig war, denn die Zauber, die Asgard schützten, waren einfach zu mächtig.

In einem der Türme stand ein runder Tisch und schon bald versammelten sich zwölf Götter an diesem Tisch. Neben Tyr und Heimdall saßen dort Thor mit seinen beiden Söhnen Magni und Modi, Freyr und seine Zwillingsschwester, Baldur und sein blinder Bruder Hödr, Sigyn und ihr Ehemann Loki. Auch Frigg war gekommen, allerdings ohne ihren Ehemann, den Allvater Odin. Wie sie erklärte, war er vor einiger Zeit zu einer Wanderung durch die Welten Yggdrasils aufgebrochen.

Heimdall übernahm das Reden. Tyr mochte es nicht, im Mittelpunkt zu stehen. Obwohl er der älteste Gott in Asgard war und wahrscheinlich nur die Nornen älter als er waren, war er sehr zurückhaltend. Er hatte mehr gesehen als jeder andere Gott in Asgard und er wusste, wie schnell die Zeitalter dahinschmolzen. Er wusste sehr genau, wann es ernst wurde. Dass die Riesen die Schutzzauber Midgards durchbrochen hatten, bedrohte nicht nur die Erdlinge. Sie mussten herausfinden, wie die Riesen das geschafft hatten, um sicherzustellen, dass sie es nicht in Asgard wiederholen könnten. Als der Wächter Asgards fertig war, bildeten sich tiefe Sorgenfalten auf den göttlichen Gesichtern.

Was zu tun war, wusste jeder. Zuerst mussten sie die Horde aufreiben und dafür sorgen, dass keiner von ihnen jemals wieder einen Menschen töten könnte. Dann mussten sie herausfinden, wie sie die magischen Bannsiegel gebrochen hatten. Die Götter erhoben sich und eilten zu ihren Burgen, um sich zu bewaffnen.

Wenig später trafen sie sich im großen Saal von Heimdalls Himmelsburg. Sie lag ganz oben und hatte ein offenes Dach. Von hier aus öffnete er den Bifröst. Seitdem die Zauber Asgards schützten, war es der einzige Weg, um Asgard zu betreten. Die Götter hatten sich ihre besten Rüstungen angelegt. Sie waren leicht und wendig und behinderten sie nicht im Kampf. Zugleich hatte die Schmiedekunst das Meisterwerk vollbracht, diese leichten Rüstungen so fest und widerstandsfähig zu machen wie sonst keine anderen Rüstungen.

Heimdall ließ seinen Blick über die Heldentruppe schweifen. Was er sah, machte ihn stolz. Die größten Helden Asgards hatten sich versammelt, um sich dem Feind zu stellen. Die Eisriesen waren gefährliche Gegner. Unter den Riesen waren sie nach den Feuerriesen die gefährlichsten. Es würde ein harter Kampf werden und so hatte Heimdall vorsichtshalber Zwischenhalt bei Idun eingelegt und sie um

Äpfel gebeten, die ihre Kräfte während der Kämpfe wieder aufladen könnten.

Heimdall zog sein Schwert und hielt es weit ausgestreckt in die Luft. Die anderen folgten seinem Beispiel. Sie trugen Speere, Äxte und Schwerter. Thor trug natürlich seinen legendären Hammer Mjölnir. Dann ließen sie im Chor einen Kriegsruf ertönen und im nächsten Moment rief Heimdall die Macht des Bifröst an und das Licht des Regenbogens hüllte sie ein.

Das Bild veränderte sich. Die Mauern der Himmelsburg verschwanden und über ihnen öffnete sich der blaue Himmel Midgards und unter ihren Füßen spürten sie den weichen Schnee. Tyr erkannte, dass sie Heimdall zu der Stelle geschickt hatte, an der er ihn zuvor mit dem Bifröst abgeholt hatte. Ein Blick und er erkannte die Horde der Riesen, die gemütlich um ihre Feuer saßen und sich die geraubten Tiere brieten. Diesmal war es Thor, der mit dem Kriegsschrei begann. Alle Asen stimmten mit ein und dann stürmten sie los.

In geschlossener Schlachtreihe rannten sie auf das erste Feuer zu. Die Riesen erkannten die Angreifer und brüllten wütend. Die Feindschaft zwischen den Riesen und den Göttern war uralt. Niemand wusste mehr, wann sie begonnen hatte, aber wahrscheinlich war diese Feindschaft episch geworden, als Odin den Urriesen Ymir erschlagen und sich weit über das Riesengeschlecht bis zur Göttlichkeit entwickelt hatte.

Das furchtbare Brüllen der über hundert Riesen ließ die Luft beben. Das Kriegsgeschrei der asischen Götter übertrumpfte es noch an Urgewalt. Midgardmenschen hätten sicher einen Hörschaden erlitten, so laut war es. Aber es verstummte in dem Moment, als die Götter das erste Lagerfeuer erreichten und sich in den Kampf warfen.

Um das Feuer waren sieben Riesen versammelt. Während die Riesen der anderen Lagerfeuer die Zeit nutzten, um sich zu bewaffnen und eine Formation zu bilden, hatten diese Riesen keine Zeit gehabt, sich vorzubereiten. Die Götter und Göttinnen nutzten ihren Überraschungseffekt. Schon bevor sie den ersten erreichten, warf Thor seinen Hammer und Freyr schickte sein magisches Schwert auf Reisen.

Sie trafen fast gleichzeitig auf den ersten Riesen. Freyrs Schwert stieß zuerst in seinen rechten Oberarm, in dem er die schwere Keule hielt und durchbohrte ihn. Dann schlug Thors Hammer mit irrer Kraft ein. Er traf den Riesen genau an der Stirn. Da sein Waffenarm außer Gefecht gesetzt worden war, hatte er nichts mehr gehabt, um den Hammer abzuwehren. So flog er rückwärts durch die Luft und landete auf dem gefrorenen Boden. Freyrs Klinge, die sich hinten am Arm wieder rausgebohrt hatte, flog einen Halbkreis in der Luft und stieß dann von oben in den Bauch des Riesen.

Damit blieben nur noch sechs Riesen übrig und wie es der Zufall wollte, konnten sie sich paarweise um einen Riesen kümmern. Thor nahm sich zusammen mit Tyr den größten der sechs vor. Baldur und Hödr griffen den Hässlichsten an, dessen ganzer Körper mit riesigen Warzen und Eiterbeulen übersät war. Die anderen schnappten sich die restlichen Monster und es wurde gemetzelt. Schon einige Augenblicke später lagen die toten Körper der Riesen und abgetrennte Gliedmaßen herum und Blut tränkte den Boden.

Sie waren keine Sekunde zu langsam gewesen, denn gerade in dem Moment als der letzte Riese des ersten Lagerfeuers zu Boden gegangen war, erreichte sie die erste Schlachtreihe der anderen Riesen. Auch die Asen formierten sich sofort neu. Sie bildeten die Formation einer Schildkröte; es entstand ein Schildwall. Nur Tyr reihte sich nicht ein, da er keinen Schild trug. Während die Formation geschlossen auf die Riesen zuschritt und die Ersten mit Stößen verletzte, brüllte und jaulte Tyr wie ein wildes Tier, ehe er auf sein erstes Opfer zustürmte.

Kurz bevor er ihn erreichte, sprang er in die Luft. Das Schwert hielt er umgekehrt in der Hand, sodass er es dem Riesen direkt von oben ins Auge rammte. Das Ungetüm stöhnte vor Schmerzen. Er wollte ihm weitere Schmerzen zufügen und es schnell beenden, doch im selben Moment krallte sich eine Hand um seinen Oberkörper. Sie gehörte zu einem zweiten Riesen. Er riss ihn von dem anderen runter und schmetterte Tyr hart auf den Boden. Diesmal stöhnte der Einarmige.

Zeit zum Verschnaufen hatte er nicht. Der Riese wollte ihn schnell beseitigen und trat mit einem brutalen Stampftritt zu. Für Tyr war es zu spät, sich wegzurollen. Deshalb hielt er sein Schwert nach oben und der Riesen trat genau in es hinein. Zwar spürte Tyr, wie ihn der gewaltige Tritt in den Boden drückte. Doch zugleich merkte er auch, wie sein Schwert durch den Fuß des Riesen hindurchglitt. Schwarzes Blut tropfte ihm ins Gesicht, aber seine Ohren vernahmen erfreulich den Schmerzensschrei des Riesen.

Tyr wollte sich kein zweites Mal blamieren, außerdem stand zu viel auf dem Spiel, als dass er weiter halbherzig kämpfen konnte. Darum erhob er sich mit göttlicher Geschwindigkeit. Zuerst stach er dem Ersten das zweite Auge aus und versenkte dann sein Schwert tief in dessen Rachen. Dann kümmerte er sich um den humpelnden Riesen. Wütend hielt er sich den verletzten Fuß, versuchte aber dennoch Tyrs Angriff mit seiner Keule abzuwehren. Dieser wich gekonnt aus, drehte sich einmal halb im Kreis und versenkte in einer gekonnten Drehbewegung sein Schwert im Bauch des Riesen, zog es aber sofort wieder heraus und stürmte auf den nächsten blauen Eisriesen zu.

Der schildkrötenartige Schildwall kämpfte sich durch die Horde. Fast zwanzig Riesen waren bereits gefällt. Doch die Riesen waren nicht bereit, sich von den Asen einfach abschlachten zu lassen. Sie änderten ihre Taktik und zogen sich in sicheren Abstand zurück. Dann schnappten sie sich alles, was herumlag und schleuderten es auf die Schildkröte. Brennende Feuerscheite, tote Kühe und Schafe, Steine und Baumstümpfe hagelten auf die Götter nieder. Es waren so viele Dinge, dass sie begannen, die Schildkröte unter einem Berg zu begraben.

Plötzlich war es ruhig. Außer Tyr, der weiter einen Riesen nach dem anderen angriff, bewegte sich der Berg aus toten Tieren, Steinen und Baumstümpfen nicht mehr. Die ersten Riesen begannen bereits höhnisch zu lachen, weil sie glaubten, die Götter gestoppt zu haben. Aber dann drang ein wilder Schrei an ihre Ohren. Im nächsten Augenblick schien der Berg zu explodieren und alles flog wild durcheinander. Übrig blieben die Götter und Göttinnen, die ihre Schildkröte auflösend jetzt in freier Formation angriffen. Zwar blieben sie so nah zusammen, dass sie sich den Rücken stärken konnten, aber trotzdem kämpfte jeder Gott einzeln und sie knöpften sich auf diese Art und Weise einen Riesen nach dem anderen vor.

Die Riesen waren schnell aus ihrer Vorfreude erwacht und stürmten auf das göttliche Dutzend zu. Mit wilden Hieben ihrer Keulen versuchten sie, ihnen die Schädel einzuschlagen. Die meisten Schläge gingen ins Leere, denn die Asen waren sehr agil. Aber einige Hiebe saßen. Thor wurde getroffen und zurückgeschleudert, erhob sich aber sofort wieder und bedankte sich beim Riesen, indem er ihm den Waffenarm abschlug.

Auch Freyja traf eine Keule seitlich gegen den Kopf und sie ging zu Boden. Der Riese holte direkt wieder aus, um sein Werk zu vollenden. Doch Freyr ließ seine Schwester nie aus den Augen, außerdem hatte ihn die magische Verbindung, die zwischen ihm und seiner Schwester bestand, sofort alarmiert und in höchste Alarmbereitschaft versetzt. In den Bruchteilen einer Sekunde stand er schützend vor seiner Schwester und parierte den Hieb der Keule. Der Riese stöhnte enttäuscht, aber während er den letzten Hauch des Stöhnens ausgehaucht hatte, hatte ihm Freyrs magisches Schwert schon den Kopf von den Schultern geschlagen. Der Wanengott half seiner Schwester wieder auf die Beine und ohne länger zu zögern, stürzten sie sich gemeinsam auf den nächsten Eisriesen.

Die Schlacht war in vollem Gange. Tatsächlich gab es unter den Riesen einige gute Kämpfer und es kostete die Asen viel Kraft, sie zu besiegen. Doch die meisten waren einfach nur riesig und wenig trainiert. Den Göttern und Göttinnen fiel es leicht, einen nach dem anderen in die nächste Welt zu schicken, nachdem sie sich aufeinander eingestellt hatten. Dann stand der letzte Riese aufrecht vor ihnen. Er brüllte wild und bereitete sich auf seinen Tod vor. Doch die Asen hatten anderes vor. So überwältigten und fesselten sie ihn.

Dann begann das Verhör. Auf die ersten Fragen der Asen reagierte der Riese mit purer Arroganz. Aber die Asen waren nicht zu Späßen aufgelegt, denn die Sache war zu ernst. Noch weniger hatten sie Zeit. Deshalb gingen sie brutal vor. Zuerst zerschmetterte Thor die rechte Hand des Riesen mit seinem Hammer. Das schmerzverzerrte Jaulen des Eisigen war herzzerreißend. Trotzdem knickte der Riese nicht ein, auch bei den nächsten Fragen hatte er nichts außer Hohn und Spott für die Asen übrig. Das änderte sich auch nicht, als Thor ihm die zweite Hand zertrümmerte.

Freyr verlor seine Geduld und schnitt ihm kurzerhand die frostige Nase ab, während Heimdall, Hödr und Baldur ihn festhielten. Das Gejaule wurde noch lauter. Der Hohn und Spott des Riesen verwandelten sich in puren Hass. Er überschüttete die Asengötter mit den schmutzigsten Schimpfwörtern, abgesehen davon sagte er nichts. Schließlich reichte es Sigyn und sie stellte ihn vor die Wahl. Er konnte sich aussuchen, ob sie ihm mit ihrem Schwert die Hoden abschnitt oder er ihnen endlich verriet, wie die Horde nach Midgard gelangt war.

Scheinbar hatte sie einen Nerv getroffen. Der Riese starrte sie ängstlich an. Ohne seine Hoden war er entehrt. Dennoch schwieg er. Selbst als Sigyn ihm ins Gesicht trat, um ihr Argument zu untermauern, starrte er sie nur wütend an. Dann legte sie die Spitze ihres Schwertes an und sie sah, wie der Riese die Zähne zusammenbiss. Er war bereit, seine Hoden zu opfern, anstatt etwas zu sagen. Ihr war klar, was das bedeutete. Ohne länger zu zögern, schnitt sie dem Eisigen die Kehle durch und ließ ihn ausbluten.

Allen war in diesem Augenblick klar, dass etwas Großes im Gange war. Es war nicht klar, was es war. Vielleicht war diese Horde nur die Vorhut oder es war eine unbekannte magische Macht aufgetaucht, die die Schutzsiegel zerstört hatte und die Riesen hatten das nur ausgenutzt. Unschlüssig berieten sie, was als Nächstes zu tun war, während sie sich am Feuer über die bereits gegarten Speisen der Riesen hermachten. Als sie sich gestärkt hatten, entschieden sie sich, in verschiedene Richtungen auszuziehen und sich in drei Tagen wieder hier zu treffen.

Tyr entschied sich, zurück in seinen Wald zu gehen. Hödr schloss sich ihm an. Sie brachen sofort auf. Im schnellen Schritt rannten sie über die schneebedeckte Steppe. Hödr war blind, aber seine anderen Sinne waren viel geschärfter. Wie ein Echolot scannte er die Landschaft anhand der Schallwellen und so lief er genauso schnell und sicher wie Tyr, ohne nur ein einziges Mal zu straucheln.

Zuerst erreichten sie die Schlucht. Der Riese lag noch immer da. Aber mittlerweile hatten sich die ersten Aasfresser über ihn hergemacht. Der halbe Kopf war bereits abgenagt und das schwarze Blut hatte eine riesige Lache gebildet. Tyr schenkte ihm nicht mehr als einen Blick. Er sprintete den schmalen Pfad hoch, bis er oben angekommen war. Dann hielt er an und jaulte aus vollem Hals.

Die Antwort kam nur einige Augenblicke später. Tyr lächelte. Dem Rudel ging es gut. Sofort rannte er wieder los und Hödr folgte ihm. Kurz darauf erreichten sie den Wald. Die Wölfe erwarteten sie bereits. Tyr hielt an und streichelte die Jungtiere. Dann sah er sich die Verletzungen eines der alten Tiere an, das beim Kampf verwundet worden war. Auch wenn er leicht lahmte, so war er sich sicher, dass die Wunden heilen würden.

Lange konnten sie nicht anhalten. Ehe sie nicht wussten, was vor sich ging, zählte jede einzelne Sekunde. Sie mussten schnell herausfinden, wer mächtig genug war, die Siegel zu überwinden. Also liefen sie wieder los und sie hielten auch nicht an, als sie einen halben Tag später den Rand des Waldes erreichten. Vor ihnen öffnete sich eine Bucht und gab den Blick auf die bedeutendste Hafenstadt der Gegend frei. Sie rannten weiter, bis der hölzerne Schutzwall in Sicht kam, dann verlangsamten sie ihre Schritte, um nicht aufzufallen.

Schon vor dem großen Tor waren Stände aufgebaut, an denen Händler Fische, Netze und Kräuter anboten. Die Wälder waren voll von verborgenen Einsiedeleien, in denen Kräuterweiber wohnten und alle paar Kilometer standen einzelne Bauernhöfe und lebten von dem, was die Natur ihnen schenkte. Es war ein raues Volk, denn es war eine raue Gegend. Aber sie waren gute Menschen und fast keiner von ihnen hatte eine doppelte Zunge. Tyr wusste, dass das bei Menschen selten war.

Die Wächter hielten sie nicht auf, als sie die Stadt betraten. Hödr rümpfte dafür umso mehr mit der Nase, weil der Geruch der vielen ungewaschenen Menschen und ihre Abfälle so schwer für seinen geschärften Geruchssinn zu ertragen waren. Tyr war bereits zuvor hier gewesen und er wusste, wohin er wollte. Er folgte dem Hauptweg, der über einen kleinen Hügel vorbei an den hölzernen Langhäusern bis zum Hafen führte. Dort lag die große Halle, wo sich alle Leute trafen. Dort wurde gehandelt, gesoffen und gespielt; regelmäßig kam es auch zu Prügeleien.

Keiner drehte sich nach ihnen um, als sie die Halle betraten. Zuerst suchten sie sich einen Platz. Hödr setzte sich und Tyr zog los und besorgte zwei Krüge mit Ale. Das kippten sie hinunter, als ob es Wasser war. Dann sondierte Tyr die Lage. Er suchte nach den richtigen Informationsquellen für ihre

Fragen. Langsam ließ er seinen Blick durch den Raum wandern. Manche bemerkten ihn und antworteten mit wütenden Blicken. Kein freier Mann mochte es, von einem anderen gescannt zu werden.

Tyr fand nichts, dafür waren Hödrs Ohren erfolgreich. In der Ecke, verborgen von mehreren Schaffellen, die aufgehängt worden waren, hatte er ein Gespräch belauscht, das für sie interessant sein könnte. Tyr zögerte nicht länger. Er stand auf, lief rüber zu den Schaffellen und zog sie zur Seite. Dahinter saßen vier Waräger mit vernarbten Gesichtern. Sie starrten Tyr grimmig an. Einer von ihnen zog sogar seinen Dolch und rammte ihn in die Tischplatte, um Tyr klarzumachen, dass er unerwünscht war.

Ungerührt fischte Tyr einen kleinen Beutel aus dem Inneren seines Harnisches und warf ihn auf den Tisch. Der Mann mit dem Dolch griff sich den Beutel und sah hinein. Als er den Inhalt erblickte, verzog sich sein pockennarbiges Gesicht zu einem fiesen Lächeln. Er zog den Dolch aus dem Tisch und mit einer Handgeste lud er Tyr und Hödr ein, sich zu ihnen zu setzen.

Die beiden setzten sich und die Waräger starrten sie mit fragenden Augen an. Tyr wusste, dass die Männer davon auszugehen schienen, dass sie für einen blutigen Einsatz angeheuert wurden. Aber als er sie nur nach dem neuesten Klatsch und Tratsch fragte, schauten sie verwundert drein. Niemand bezahlte Geld für ein paar Gerüchte.

Doch es war die Art Gerüchte, nach denen Tyr gesucht hatte. Auch wenn das Gehörte noch viele Fragen offen ließ, so war es doch eine Spur, der sie folgen wollten. Denn was die Männer berichteten, war ungewöhnlich genug. Im Zentrum stand ein ausgebrochener Vulkan auf einer Insel.

Das an sich war nicht ungewöhnlich. Aber scheinbar war ein Mann aufgetaucht, der es vermocht hatte, die Lava zu kontrollieren, um mit ihr einen riesigen Palast zu erzeugen. Die Männer selbst hatten diese Geschichte auch nur in einer Spelunke in einer der Hafenstädte am Rand des Nordlandes aufgeschnappt, von wo aus die Handelsschiffe zu dieser Insel aufbrachen.

Tyr und Hödr zögerten nicht länger. Sie besorgten sich einen großen Krug Ale für den Weg, kippten ihn sich hinter die Birne und dann machten sie sich auf den Rückweg. Wieder rannten sie ohne Pause und machten erst Halt, als sie im Wald die Lichtung erreichten, auf der das Wolfsrudel verweilte. Es wurde nur ein kurzer Stopp. Denn die Nachricht musste überbracht werden. Als sie dann in der Steppe ankamen, fanden sie nur die wanischen Zwillinge und Thor und seinen schönen Bruder vor. Die anderen waren noch nicht zurückgekehrt. Tyr nutzte die Wartezeit, um zu schlafen.

Er erwachte von lauten Gesängen. Am Himmel funkelten die Sterne. Als er seinen Kopf zur Seite drehte, sah er, wie eines der Feuer brannte, die von den Eisriesen aufgestapelt worden waren. Er zählte kurz durch und tatsächlich waren mittlerweile alle Asen zurückgekehrt. Dennoch war nicht mehr damit zu rechnen, dass sie bald aufbrechen könnten. Denn seine Nase verriet ihm, dass sie nicht nur etwas brieten, sondern sie sich auch irgendwoher guten Met besorgt hatten, an dem sie sich jetzt ausschweifend labten.

Tyr wusste, um Kraft für die Schlacht zu haben, mussten sich die Krieger den Ausschweifungen hemmungslos hingeben dürfen. Er gönnte es seinen Freunden. Er selbst war auch kein Kostverächter. Er stand auf und lief zum

Feuer. Es war Hödr, dem er aufgrund des Geräuschs seines sich nähernden Atems als erstes auffiel. Alle drehten sich sofort um und begrüßten ihren ältesten Bruder. Thor warf ihm ein Fässchen zu und erklärte, dass es von Heimdall organisiert worden war. Der hatte auf seiner Suche zwar keine Eisriesen gefunden, aber war bei einem Wirtshaus gelandet, das so guten Met braute, dass er seine Freunde daran teilhaben lassen wollte. Deshalb hatte er ihm zwanzig Fässchen abgekauft und von einem Knecht des Wirts herbringen lassen.

Ein Blick zur Seite verriet Tyr, dass sie schon die Hälfte ausgetrunken hatten und sich alle in festlicher Stimmung befanden. Kurzerhand schlug er mit dem Knauf seines Schwertes ein Loch zum Trinken ins Fass. Dann setzte er es ans Kinn und kippte seinen Kopf nach hinten. Das goldene Gesöff lief ihm die Kehle runter und brannte süßlich. Es gluckerte, als sich sein Magen füllte, aber er ließ es laufen. Erst als es alle war, setzte er es unter dem Applaus der anderen Asen ab. Dann ließ er sich eine gebratene Keule geben und verschlang sie schmatzend.

Alte Lieder wurden gesungen und sie tanzten die rituellen Tänze. Als sie endlich richtig betrunken waren, starteten sie auch das Wettringen. Thor kämpfte zuerst gegen Heimdall und schlug ihn; während Freyr gegen Tyr antrat, aber schnell aufgab, nachdem ihn der Einarmige im Rausch mehrmals durch die Luft geschleudert hatte. Dann standen sich Thor und Tyr lachend gegenüber und die anderen feuerten sie an.

Thor lachte siegessicher und trat Tyr brutal in den Bauch. Der ging in die Knie, um die gewaltige Kraft abzufedern, besann sich aber sofort wieder und lächelte seinen asischen Waffenbruder an, ehe er einfach mit der Schulter nach vorn gerichtet vorwärtsging. Thors Stand war gut und selbst mächtige Riesen hätten ihn nicht aus dem Gleichgewicht gebracht. Aber Tyr war kein gewöhnlicher Gott. In den ewigen Zeitaltern seiner Existenz hatte er niemals das Training aufgegeben. So traf die Schulter auf Thor und er vermochte es so zu drücken, dass es Thor destabilisierte.

Der Donnergott wurde durch die Luft geschleudert. Der Schnee barst an seinen Seiten auf, als er auf dem harten, vereisten Boden aufkam. Auch Thor lächelte, aber das Lächeln brach für eine Sekunde und Tyr wusste, dass er seinem Gegner ernsthaft Schmerzen zugefügt hatte. Um seinen Vorteil nicht verstreichen zu lassen, sprintete er sofort los.

Während er sich Thor näherte, griff er sich einen Holzscheit. Auch wenn das nicht ganz den Regeln entsprach, so wusste er, würde sich niemand darüber beschweren. Denn hierbei ging es um Spiel und Sieg. Zuerst trat er Thors Beine zur Seite, die dieser schützend nach vorne gestreckt hatte. Dann schlug er mit voller Wucht auf den Bauch des Donnergotts.

Thor stöhnte und spuckte um sich. Der Schlag hatte gesessen. Doch er war noch lange nicht bereit, aufzugeben. Von Tyrs Tatkraft motiviert, bewegte er sich selbst in Windeseile und kam wieder auf die Füße. Zuerst feuerte er eine Ladung Schnee in Tyrs Gesicht, die dieser nicht mehr abwehren konnte, weil er in seiner einzigen Hand den Holzscheit wie eine Axt hielt. Als dieser dadurch für einen Augenblick geblendet war, trat er wieder stampfend zu, ließ dann eine Dreierkombination aus Faustschlägen folgen und beendete die Attacke mit einer heftigen Schelle.

Wuchtig krachte Tyr zur Seite und rieb sich schmerzend die Wange, dann lachte er und streckte die Hand aus. Thor verstand die Geste. Er griff die Hand und half dem Uralten auf die Beine. Tyr reckte dann Thors Hand in die Höhe und erklärte Thor zum Sieger. Grölend öffneten sie die letzten drei Fässer und tranken sie feierlich leer.

Sie hatten sich am Feuer schlafen gelegt, nachdem alle Fässer leer gewesen waren. Als Tyr erwachte, sah er, wie Hödr bereits wach war und meditierte. Der blinde Gott war für seine spirituelle Weisheit in ganz Asgard berühmt. Seine fehlenden Augen machte er durch ein überaus starkes drittes Auge weg, mit dem er weit in die spirituelle Dimension sehen konnte.

Als sich Tyr zu ihm setzte, erklärte ihm Hödr, dass er etwas spürte. Eine unbekannte Macht veränderte das magische Gleichgewicht Midgards. Bisher konnte er nicht sehen, ob sie gut oder schlecht war, aber sie war von ganz anderer Natur als alles andere in Midgard. Nach und nach erwachten die anderen. Sie stärkten sich bei einem ausgelassenen Frühstück und dann holte Freyr sein magisches Schiff.

Als das Schiff groß geworden war, stiegen alle ein und Freyr hisste die Segel. Kaum einen Augenblick später stieg es auf, bis es die Wolken erreichte. Sie hatten nur wenig Informationen über den unbekannten Zauberer. Deshalb steuerten sie zuerst die Hafenstadt an, um dort mehr in Erfahrung zu bringen.

Ihre Reise dauerte einen halben Tag. Dann sahen sie die dunklen Rauchsäulen der Herdfeuer aufsteigen und die Sonne, die sich im Ozean am fernen Horizont spiegelte. Sie landete vor der Stadt; weit genug entfernt, damit keiner der

Menschen ihr fliegendes Schiff sehen konnte. Dann liefen sie bis zum Hafen.

Am Hafen angekommen, teilten sie sich auf. Tyr ging wieder mit Hödr. Der blinde Gott harmonierte gut mit seiner animalischen Seite. Sie befragten die Seeleute nach deren Geschichten. Die ersten Männer schüttelten nur den Kopf. Bei einem hatten sie das Gefühl, er wüsste etwas. Aber als ihm Tyr eine Silbermünze für die Auskunft gab, war es nur Seemannsgarn. Erst als sie einen alten, einäugigen Seebären fanden, der gerade sein Deck schrubbte, hatten sie Erfolg.

Der Alte erzählte ihnen, dass er von der Insel kam und das Unmögliche mit eigenen Augen gesehen hatte. Der Magier war eine dunkle Gestalt und konnte durch die Luft fliegen, während die Lava sich seinem Willen beugte. Tyr bedankte sich für die Auskunft mit einem Klumpen glänzenden Goldes. Bevor sie wieder gingen, erkundigten sie sich nach einer Passage zur Insel.

Scheinbar gab es nur ein Schiff, das groß genug war und demnächst aufbrechen würde. Tyr schickte Hödr, um die anderen zu holen und suchte das Schiff, um mit dem Kapitän zu verhandeln. Zu seinem Glück war das Schiff kein komplettes Wrack und der Kapitän ein gieriger Mann. Als er ihm mehrere Klumpen Gold in die Hand drückte, versprach er ihnen Plätze auf den Ruderbänken.

Die anderen kamen an und fragten Tyr, warum sie nicht mit Freyrs Schiff fliegen konnten? Der Einarmige lachte nur und wies jedem einen Platz auf der Ruderbank zu. Wie es schien, war der Rest der Plätze von Kriegssklaven belegt, die in Ketten saßen. Nachdem sie Tyr erzählt hatten, dass die anderen Plätze auch Sklaven gehört hatten, die der Kapitän kurzerhand an einen Fleischwolf verkauft hatte, funkelten Tyrs Augen böse.

Der erste Trommelschlag ließ einen Ruck durch die Sklaven gehen. Die Mannschaft bestand nur aus einem halben Dutzend Männern, die mit langen Peitschen ausgerüstet waren. Es knallte heftig in der Luft. Alle legten sich in die Riemen und das Boot lief aus. Tyr gefiel es, wie ein einfacher Matrose an einem Ruder zu sitzen und zu rudern, bis sich Schwielen an seinen Händen bildeten. Die anderen kannten seine Meinung zu solch einfachen Dingen, deswegen hatten sie sich willig gefügt.

Nachdem sie auf der offenen See waren, hissten sie die Segel. Die Sklaven und das Dutzend Asen ruhten sich aus. Sie segelten über hohe Wellen. Zwei Tage war die See ihnen gewogen, dann zogen dunkle Wolken auf und ein wilder Sturm setzte ein. Die Wellen wurden zu Gebirgen und das Boot tauchte in die Täler. Die Gischt spritzte, als sie unten ankamen und kurz darauf wieder nach oben schwammen.

Drei Tage hielt der Sturm. Pausenlos waren die Sklaven damit beschäftigt, Wasser von Deck zu schippen. Zwei Männer waren über Bord gegangen, aber da sie an Ketten hingen, hatten sie sie wieder aus dem Wasser gezogen. Sofort hatte sie die Wächter mit den Peitschen wieder zur Arbeit gezwungen. Die Asen beobachteten das Schauspiel, aber am meisten hatten sie ihre Augen auf Tyr geworfen. Er hasste nichts mehr als Ungerechtigkeit und nichts war für ihn ungerechter, als wenn sich ein Mann über einen anderen Mann erhob, deswegen hatte er vor langer Zeit das Thing eingeführt, in dem alle gleich waren.

Am achten Morgen verkündete der Kapitän, dass sie noch vor Abend die Insel erreichen würden. Kaum dass er das verkündet hatte, knallten die Peitschen lauter als zuvor, seit sie das Boot betreten hatten. Auch die Asen legten sich in die Riemen. Sie ruderten mit aller Kraft unter den schweren Donnerschlägen, bis endlich der Maat schrie, dass Land in Sicht war. Tyr antwortete ihm mit einem lauten Brüllen, mit viel Fantasie klang es wie das Wort Freiheit.

Wie ein wildes Tier sprang er auf und schlug dem ersten Mann der Mannschaft, der gerade seine Peitsche auf dem Rücken eines der Sklaven verewigt hatte, weil er ihm zu langsam gerudert hatte, die harte Faust ins Gesicht. Wie ein nasser Sack kippte der um und alle Menschen starrten Tyr entsetzt an. Die Asen hingegen lehnten sich zurück, denn sie ahnten, welches Schauspiel nun folgen würde.

Der Rest der Mannschaft hielt es scheinbar noch für eine persönliche Fehde. Selbst der Kapitän beobachtete die kleine Prügelei mit Amüsement. Der Mann rekelte sich wieder hoch und es gelang ihm sogar, dem Tritt Tyrs auszuweichen, den dieser folgen ließ. Einen zweiten parierte er nicht und er traf ihn mitten im Gesicht. So wie er sich die Hand vors Gesicht hielt und das Blut lief, wirkte es, als ob Tyr seine Nase gebrochen hatte. Wieder brüllte Tyr, doch diesmal war das Wort Freiheit deutlicher zu verstehen.

Als Tyr den nächsten Peitschenträger attackierte, dämmerte es den anderen, dass er bewusst die ganze Mannschaft angriff. Wütend zog der Kapitän sein Schwert und die übrigen vier Männer rannten zu ihm. Tyr nutzte die letzte Sekunde, um den Kämpfer vor ihm niederzustrecken. In Rekordzeit schlug er ihm fünfmal ins Gesicht. Dann drehte er sich um und empfing die Peitschenhiebe brüllend.

Wie ein wildes Tier, das in animalischer Trance kämpft und keinen Schmerz spürt, steckte er die Hiebe der Peitsche ein.

Er brüllte einfach und die Männer hieben immer fester zu. Rote Striemen bildeten sich auf Tyrs nackter Brust und in seinem Gesicht. Auf einmal stürmte der Kapitän wütend an seinen Männern vorbei.

Angestachelt von Tyrs Brüllen schrie der Seemann selbst wie ein wildes Tier. Mit einem harten Hieb von oben wollte er den unbewaffneten Tyr erschlagen. Thor sah, wie Tyr zu lächeln begann, als er sich der Taktik seines Gegners bewusst wurde. Der Uralte wartete bis zum letzten Moment. Der Kapitän schlug zu und genau in dem Moment trat Tyr einen kleinen, aber ausreichenden Schritt zur Seite. Das Schwert ging ins Leere. Die Energie des Hiebes ließ den Kapitän straucheln. Tyr trat ihm das Schwert mit einem kleinen und gezielten Tritt aus der Hand. Es geschah so schnell, dass der Kapitän überhaupt nicht reagieren konnte, ebenso wenig wie auf den Salto, den Tyr plötzlich über den Kopf des Mannes machte. Auf der anderen Seite angekommen, schnappte er sich das Schwert und rammte es in den Bruchteilen einer Sekunde in die Kehle des Kapitäns.

Als sich Thor zu den Peitschenschwingern umdrehte, ließen die entsetzt ihre Folterinstrumente fallen. Demütig knieten sich einer nach dem anderen hin und bettelten Tyr an, ihr Leben zu verschonen. Thor lachte und als Tyr ihm einen scharfen Blick zuwarf, wusste er sofort, was zu tun war. Thor bat Baldur, Freyr und Heimdall, ihm zu helfen. Dann schnappte sich jeder von ihnen einen der Sklavenhalter und warf ihn einfach über Bord. Bis zum Ufer war es nicht weit und sie sahen ihnen hinterher, wie sie schwammen.

Tyr löste den Schlüssel für die Ketten vom Gürtel des leblosen Kapitäns. Dann warf er ihn dem ersten Sklaven zu. Diese sahen ihn unschlüssig und mit teilweise ängstlichen

Blicken an. Scheinbar befürchteten sie, als Nächstes über Bord geworfen zu werden oder schlimmeres. Erst als sie den Schlüssel fingen, realisierten sie, was der Grund für Tyrs Kampf gewesen war. Sie schlossen ihre Ketten auf und warfen sie über Bord. Dann gingen sie zu Tyr und dankten ihm. Ohne von den Asen dazu aufgefordert zu werden, setzten sie sich wieder auf die Ruderbänke. Als freie Männer legte sie sich in die Riemen.

Tyr setzte sich zu Hödr. Er war während der Überfahrt tief in die spirituellen Sphären eingetaucht. Tyr hatte erst mehr über die Art der Magie erfahren müssen, bevor sie sich ihrem Gegner stellten. Hödr hatte die ungewöhnliche magische Energie analysiert. Zu seiner Überraschung speiste sie sich direkt aus Ginnungagap. Das war ungewöhnlich. Keiner von ihnen kannte einen Zauberer, dem das bisher gelungen war und sie kannten viele Zauberer.

Ginnungagap war die große Leere am Anfang der Welten, aus der alles hervorgegangen war. Aus ihr waren zuerst das heiße Muspellsheim und das eisige Niflheim entstanden. Kein Wesen in den Welten Yggdrasils, außer vielleicht die Nornen, von denen viele glaubten, dass sie noch vor Ginnungagap dagewesen waren, konnte der Macht der Leere widerstehen. Deshalb war es so ungewöhnlich, dass dieser Zauberer seine Macht aus Ginnungagap bezog.

Die befreiten Sklaven brachten sie zu dem einzigen Hafen der Insel. Am Pier gingen die Asen an Land. Tyr schenkte das Schiff den befreiten Männern, dann suchten sie sich eine Schenke. Besonders Thor brannte die Kehle und sein Magen knurrte. Er verlangte nach einer deftigen Mahlzeit. Sie suchten sich einen großen Tisch und als sie beim Wirt bestellten, bekam er große Augen, weil es alle seine Vorräte aufbrauchen würde. Tyr warf ihm einen Beutel mit Edelmetallen zu. Nachdem der Wirt einen Blick in den Beutel geworfen hatte, änderte sich seine Stimmung und er putzte persönlich den Tisch noch einmal, sodass kein Fleck mehr zu sehen war.

Als er auftischte, bog sich der Tisch tatsächlich ein bisschen nach unten. Thor grunzte freudig und machte sich über den ersten Braten her. Die anderen sahen zu, aber stillten zuerst ihren Durst mit dem Ale. Sie stießen mit den großen Holzkrügen an und sprachen sich Kraft und Glück für die kommende Schlacht zu; denn dass es zu einer Schlacht kommen würde, war bereits allen klar.

Jeder aß genug und doch war es Thor, der die Hälfte von all dem verspeiste, was der Wirt brachte. Als sie fertig waren, begannen sie sich furchtbar zu betrinken. Zur großen Überraschung war es diesmal Tyr, der als erster betrunken nach hinten kippte und wegdöste. Die anderen betranken sich ohne ihn weiter. Selbst als der Wirt meinte, dass er keinen Alkohol mehr hatte, wollten sie mehr. Sie gaben ihm einen zweiten Sack mit glitzerndem Gold, um aus den umliegenden Häusern oder anderen Wirtshäusern mehr Ale und Met zu besorgen. Mit gierigem Blick machte er sich sofort auf den Weg und schon eine halbe Stunde später kam der Nachschub und sie becherten, bis jeder komatös auf oder unter dem Tisch lag.

Als sie erwachten, funkelte die Sonne durch die Vorhänge der Eingangspforte. Tyr streckte seine Glieder und auch die anderen Asen gähnten und räkelten sich. Sie bestellten beim Wirt etwas zu essen. Er kam mit viel gebratenem Gemüse zurück und sie labten ihren Kater. Dann erkundigten sie sich beim Wirt über den Klatsch und Tratsch des Dorfes.

Er erzählte ihnen viel, aber nicht das, was sie hören wollten. Thor wurde konkreter und erzählte dem Wirt, was sie in einer Schenke über den unbekannten Zauberer aufgeschnappt hatten, der die Lava kontrollieren konnte. Die Augen des Wirts wurden groß. Angst spiegelte sich in seinem Blick wider. Er wusste genau, von wem sie sprachen. Aber als sie mehr wissen wollten, schwieg er. Tyr ließ einen riesigen Klumpen Gold auf den Tisch fallen. Der Wirt schaute den glitzernden Goldklumpen an. Gier spiegelte sich für einen Augenblick in seinem Blick, aber dann wich sie schnell wieder der Angst. Auch als Tyr einen weiteren Goldklumpen daneben legte, änderte sich das nicht.

Sie verließen die Kneipe. Die frische Meeresluft begrüßte sie. Sonnenstrahlen tanzten auf dem Wasser und im Hafen herrschte reger Betrieb. Sie entschieden wieder, sich zu trennen, um herauszufinden, wo der dunkle Zauberer zu finden war. Tyr ging erneut mit Hödr und sie hatten sich für den Fischmarkt entschieden.

Sie befragten mehr als ein Dutzend Händler. Keiner wollte etwas erzählen. Einige flüsterten etwas von schwarzer Magie und dass jeder, der darüber redete, seine Seele verlieren könnte. Tyr hielt das zwar für Humbug, allerdings schien der Zauberer so mächtig zu sein, dass er es nicht ausschließen konnte.

Sie liefen zurück zum Treffpunkt. Nach und nach trafen auch die anderen ein. Sie hatten genauso wenig Glück gehabt. Heimdall kam als letzter zurück. Im Gegensatz zu den anderen Asengöttern war er erfolgreich gewesen und hatte etwas über ihren Widersacher herausgefunden. Neugierig lauschte sie seinen Erzählungen. So erfuhren sie von den Riesen, die er aus dem Vulkangestein geformt hatte.

Ihre Augen sollten wie glühende Lava strahlen. Außerdem waren in den letzten Wochen immer wieder dunkle Geister gesichtet worden, die im Zwielicht der untergehenden Sonne über der Stadt gekreist waren.

Menschen waren verschwunden und die Bewohner der Hafenstadt glaubten, die Geister hätten sie geraubt. Deshalb traute sich niemand, offen darüber zu reden. Sie alle hatten Angst, die Geister würden sie sonst als nächstes holen. Tyr verstand endlich, warum der Wirt sein Gold abgelehnt hatte und die anderen begriffen, dass vor ihnen harte Kämpfe mit Riesen und magischen Wesen lagen.

Ohne länger zu zögern, brachen sie auf. Nach Heimdalls Informationen würde es sie einen knappen Tagesmarsch kosten. Aber sie planten nur bis zum Abend zu laufen, um sich ein letztes Mal auszuruhen und Kräfte zu tanken. Deshalb kauften sie sich auf dem Markt am Hafen Vorräte. Wenige Minuten später passierten sie das kleine Tor, hinter dem sich die ersten Hügel der Insel auftaten.

Sie marschierten mit strammen Schritten bis die Sonne den Horizont zu küssen begann. Dann sammelten sie Holz von den spärlichen Bäumen. Sie legten einen Kreis mit Steinen aus und schichteten die Scheite zu einem kleinen Zelt auf. In die Mitte packten sie das trockene Stroh, das sie sich auf dem Markt gekauft hatten. Tyr stimmte ein Lied an und sie entzündeten das Feuer.

Ihr Essen hatten sie auf Spieße gesteckt und sie brieten es. Als es fertig war, holten sie die Schläuche mit dem Hochprozentigen. Heimdall sang ein altes Lied und sie lauschten schmatzend und spülten sich die Kehlen mit dem brennenden Gesöff. Jeder erzählte eine Geschichte und die andern hörten zu, während die Sterne über ihnen aufzogen und das Mondlicht ihre göttliche Haut streichelte.

Mit dem ersten Sonnenstrahl waren sie topfit und machten sich auf, um die letzten Bergrücken zu überqueren, die sie von ihrem Feind trennten. Frohen Mutes sangen sie Lieder und Baldur lief vorne weg und blies eine aus Knochen geschnitzte Flöte. Die Stimmung war ausgelassen. Sie wussten nicht, was sie erwartete. Aber sie waren starke und erfahrene Krieger. Was immer sich ihnen in den Weg stellte, würden sie besiegen.

Heiße Quellen spien Wasser aus. In den kleinen Tälern zwischen den Bergrücken brodelten mystische kleine Seen. Sie alle spürten die spirituellen Energien. Dies musste einer der geheimen Kraftorte der Erde sein, an dem die spirituellen Lebensadern des Planeten zusammenliefen. Gerade bestiegen sie erneut einen Bergrücken, als Baldur aufhörte, auf der Flöte zu spielen. Sie schlossen zu ihm auf und als sie sahen, was er sah, wusste sie, dass sie ihr Ziel erreicht hatten.

Tyr forderte sie sofort auf, sich hinzulegen. Noch hatte der Feind sie nicht gesehen. Das Überraschungsmoment war noch immer auf ihrer Seite und es war eine gute Chance, den Feind auszukundschaften. Denn bisher hatten sie nur Gerüchte und die magischen Warnungen Heimdalls gehört. Mit ihren Adleraugen beobachten sie das Treiben. Von dem was sie sahen, wussten sie nicht, ob es sie beeindrucken oder einschüchtern sollte.

Vor ihnen war eine weite Ebene, an die sich ein Plateau anschloss, das aus altem Vulkangestein bestehen musste. Auf dem Plateau stand eine gewaltige, schwarze Festung. Um die Feste herum herrschte reges Treiben. Viele schwarze Riesen mit brennenden Augen schleppten Dinge hin und her oder hielten Wache.

Die Riesen waren zwar kleiner als die Eisriesen aus Niflheim, aber immer noch erstaunlich groß. Sie zählten die Ungetüme, hörten aber bei hundert auf, weil immer neue aus der Feste kamen. Auf der Ebene hatten sich die Riesen wie eine Armee ein Feldlager aufgebaut.

In den Lagern standen auch schwere Geschütze. Es gab keinen Zweifel, dass der Herr der Festung hier eine Armee aufbaute. Sie reichte leicht aus, die ganze Insel zu erobern. Dass er es bisher noch nicht gemacht hatte, konnte nur heißen, dass er größere Ziele im Auge hatte. Heimdall erzählte ihnen von der Magie, die er spürte. Während die Eisriesen zwar stumpfe Bestien waren, so hatten sie echte Seelen mit all dem, was dazu gehörte, aber diese Monster strahlten diese Energie nicht aus. Sie waren einfach nur aus Vulkangestein geformte Kampfmaschinen, die von einer dunklen Magie angetrieben wurden.

Obwohl sie seelenlose Maschinen waren, schienen sie nicht dumm zu sein. Sie übten Formationen ein und trainierten wirklich hart. Die Asen waren beeindruckt von den Fertigkeiten der schwarzen Ungetüme. Falls es zur offenen Schlacht kommen würde, wären die Riesen schwere Gegner. Aber während sie das Lager und die Feste ausspähten, schmiedeten sie einen Plan, durch den sie sich nicht mit einer riesigen Riesenarmee messen mussten.

Sie wollten bis zum Einbruch der Nacht warten und sich dann über die Flanke bei den Ausläufern der Schlucht an die Feste anschleichen. Da sie zu wenig über den Aufbau der Festung wussten, würden sie improvisieren müssen. Von ihrer Position sahen sie das große Tor. Es war von zehn schwer bewaffneten Vulkanriesen bewacht. Dieser Weg wäre zwar auch möglich, aber er würde sehr lange dauern und die gesamte Armee gegen sie aufhetzen.

Langsam näherte sich die Sonne dem Horizont. Sie machten sich fertig, um bald aufzubrechen. Da rief sie Heimdall dazu auf, sich wieder ganz flach auf den Boden zu legen. Alle folgten seiner Anweisung., waren aber verwirrt. Sie folgten Heimdalls Blick, der auf einen der großen Türme der Feste gerichtet war. Endlich erblickten auch die anderen die dunklen Schatten.

Wie schwarze Krähen flatterten sie um den großen Turm. Es war ein halbes Dutzend. Dann schoss der erste nach unten. Er flog in den Hof der Feste und durchs große Tor und raste auf einen der Wächter zu. Er flog einfach in den Körper des Wächters hinein. Durch den Riesen ging ein Ruck und im nächsten Moment führte er einen wilden Tanz auf. Dann schlug er einen anderen Wächter. Der wollte sich wehren, aber der Besessene riss ihm einfach den Arm aus. Das Spiel dauerte ein paar Augenblicke. Dann schlüpfte der Geist wieder aus dem Körper und schoss hoch in die Luft.

Die anderen Geister holten zu ihm auf. Dann flogen sie in Richtung Hafenstadt. Die Asen wusste endlich, wovor die Menschen Angst hatten und sie erkannten, dass ihre Angst begründet war. Geister, die von einem Körper Besitz ergreifen konnten, konnten auch die Gedanken lesen. Solche Kreaturen waren mächtig und sie waren gefährlich.

Nachdem die dunklen Geister am Horizont verschwunden waren, krochen sie weiter über die Ebene. Die Sonne verschwand ganz hinterm Horizont und die Dunkelheit gab ihnen endlich genug Schutz, hockend zu laufen. In der Ferne hörten sie die Armee der Riesen. Sie machten furchtbare

Geräusche. Es waren keine Laute wie von den Eisriesen, die immerhin eine Art Sprache hatten. Es hörte sich mehr wie das stumpfe Knurren von Hyänen an.

Sie erreichten die Rückseite der dunklen Burg. Zu ihrem Pech gab es kein Tor. Sie fanden nicht einmal ein Abflussrohr. Es gab nur eine Wand aus Vulkangestein und über ihnen die Wehranlage. Zugleich hatten sie Glück. Die Mauer schien nicht besetzt zu sein. Scheinbar erwarteten sie in dieser Gegend keine Angriffe. Die Asen nutzten diese Chance. Das Vulkangestein war nicht glatt wie die Mauern der Menschen. Es bot genügend kleine Ausbuchtungen, um hochzuklettern. Modi war ihr bester Kletterer. Wie eine Bergziege bestieg er die Mauer und schon nach wenigen Augenblicken ließ er ein Seil herunter, an dem alle hochklettern konnten.

Oben auf der Mauer angekommen, duckten sich die Götter hinter die Brüstung und sondierten die Lage. Im Schutz der Dunkelheit waren sie für die Riesen, die im Hof arbeiteten, nicht zu sehen. Dafür konnten sie die Kisten mit Waffen und Panzerungen sehen. Sie fragten sich, woher der schwarze Zauberer so viele Waffen hatte? Aber dann tauchten mehrere grimmige Zwerge auf und überprüften die Kisten. Damit war ihnen klar, wer das Heer des Zauberers ausstattete.

Plötzlich bekam Loki den verwegenen Einfall, einen der Zwerge zu kidnappen. Denn während die anderen wieder in der Festung verschwanden, hantierte er weiter an den Kisten herum. Auch die Riesen waren in der Pforte zur Burg verschwunden und deshalb gab es keine bessere Gelegenheit. In Lokis üblicher Manier informierte er die anderen nicht. Er sagte nur, dass sie ihm kurz den Rücken freihalten sollten, dann sprang er über die Brüstung.

Leise wie eine Katze landete er im Hof. Alle waren erstaunt und zufrieden. Denn der Zwerg hatte nichts bemerkt und werkelte weiter an einer Kiste mit Langschwertern herum. Loki nahm ein Stück Stoff seines Umhangs und riss ihn ab, während er sich weiter auf Katzenpfoten dem kleinen Mann näherte. Im nächsten Moment packte er ihn von hinten. Blitzschnell band er ihm den Mund zu und hielt seine Arme fest. Das kleine Geschöpf zappelte wild und trat um sich, aber davon ließ sich Loki nicht aufhalten.

Er schleppte den Zwerg die Stufen hoch, bis er wieder bei den anderen war. Dann liefen sie geduckt die Mauer entlang, bis sie zu einem Turm kamen, wobei Loki jetzt Hilfe von Thor hatte. Der trug die Beine des zappelnden Winzlings und Loki hielt weiter die Arme fest. Im Turm gab es einen kleinen Raum, der mit einer Wehranlage ausgestattet war. Während Baldur und Tyr draußen Wache hielten, kümmerten sich die anderen um das Verhör des Zwergs.

Freyja übernahm die Runde. Auch wenn sie eine extrem gute Kämpferin war, so war sie auch die Göttin der Liebe. Sie erklärte dem Zwerg ihr Anliegen und auch, woher sie kamen und wer sie waren. Seit jeher gab es ein gutes Verhältnis zwischen dem Reich der Zwerge und dem Reich der Götter. Doch dieser Zwerg war ein übler und gieriger Geselle. Nachdem Freyja ihn befragt hatte, lachte er sie aus.

Heimdall beantwortete den Hohn des Gnoms mit einem Schlag seines Schwertknaufs. Der Zwerg stöhnte, als seine Nase brach. Blut spritzte zu Boden und der kleine Mann begann zu schreien. Sofort hielt ihm Freyr sein Schwert an die Kehle und der Zwerg verstummte. Die zweite Runde des Verhörs war eröffnet. Die Asen zeigten dem kleinen Mann ihre Waffen. Thor fuchtelte mit seinem Hammer vor den

Augen des Zwergs herum und Freyr fuhr mit der Spitze seines magischen Schwertes über dessen Haut.

Der Zwerg war unbeeindruckt. Zwar lachte er nicht mehr, aber ihm war anzumerken, wie hochmütig er war. Es machte den Eindruck, dass er sich für unberührbar hielt. Zwischen Zwergen und Asen gab es seit Äonen Frieden, aber das galt nicht für Zwerge, die sich gegen die Menschheit verschworen hatten. Heimdall erklärte das dem kleinen Mann, doch er zeigte sich weiterhin unbeeindruckt.

Mit einem Schlag seines Hammers eröffnete Thor die dritte Verhörrunde. Er hatte auf den Fuß des Kleinen gehauen. Sie alle hatten die Knochen splittern hören. Falls ihn kein guter Zauberer heilte, würde er für den Rest seines Lebens humpeln. Endlich schien sich die Zunge des Zwergs zu lösen. Thor war froh darüber, denn er hasste es, Unschuldige drangsalieren zu müssen, aber sie hatten keine Wahl. Sie brauchten Informationen über ihren unbekannten Gegner, sonst bestand die Gefahr, dass sie in eine Falle laufen würden.

Was ihnen der Zwerg erzählte, passte zu ihren Vermutungen. Aber es war gut, es bestätigt zu kriegen. Der Zauberer war ein mächtiges Wesen, das seine Kraft aus den ältesten Quellen bezog. Seine Armee hatte er aus dem Gestein des Vulkans geformt, der unter der Insel brodelte. Im Untergeschoss der Burg war er noch immer dabei und produzierte willige Kampfmaschinen am Fließband. Sein Plan war zuerst die Insel zu erobern und dann zum Festland zu marschieren und alles an sich zu reißen, bis er der Herr der Erde war. Da seine Armee nur aus Vulkanriesen bestand, konnte er sie einfach durchs Meer laufen lassen. Damit war ihm die ganze Welt schutzlos ausgeliefert. Allerdings hatte er auch einige Eisriesen angeworben und ließ sie in seinem Auftrag plündern.

Thor fluchte. Seit Jahrhunderten war er der Beschützer der Menschen auf Midgard und dies schien die größte Gefahr seit langem zu sein. Wütend lief er auf und ab und schwor dem Zauberer tausend Tode. Der Zwerg beobachtete ihn, dann lachte er kurz, verzog aber vor Schmerzen das Gesicht. Thor fragte ihn, was so witzig sei? Der Zwerg antwortete, dass sie sich zwar für mächtige Götter hielten, aber gegen die dunkle Macht des Zauberers machtlos wären.

Heimdall hatte genug gehört. Er fesselte und knebelte den Zwerg. Dann berieten sie sich. Die Informationen des Zwergs waren hilfreich, aber letztendlich bestätigten sie nur, was sie schon wussten. Sie hatten es mit einem gefährlichen Gegner zu tun. Seine Macht war groß genug, um auch Asgard zu bedrohen. Deshalb mussten sie sich ihm so schnell wie möglich stellen, um ihn aufzuhalten.

Sie verließen den Turm und brachten Tyr und Baldur auf den neuesten Stand. Beide nickten stumm. Sie wussten, was das bedeutete. Zuerst mussten sie sich so unbemerkt wie möglich einen Weg in die Festung bahnen und wenn sie den Zauberer gefunden hatten, dann mussten sie alle Kräfte, die sie hatten, in den Kampf werfen, um den Zauberer auszuschalten. Wie schwer das werden würde, würden sie erst im Laufe des Kampfes erkennen. Vielleicht war es doch nur dunkle heiße Luft oder der Zauberer war wirklich so mächtig. Am Ende zählte das nicht. Sie waren Asen. Vor ihnen lag eine epische Schlacht und sie würden niemals zurückweichen, selbst wenn es den Tod bedeutete.

Sie liefen die Mauer entlang, bis sie zu der Treppe kamen, die in den Hof führte. Im Torbogen unter ihnen hielten sich fünf Wachen auf. Mit Fingerzeichen zeigte Heimdall, wer sich um wen zu kümmern hatte. Alle nickten. Dann zählte Heimdall mit Fingern von drei runter. Als er fertig war, ging alles sehr schnell. Dolche flogen durch die Luft und streckten die ersten beiden Wachen nieder. Sigyn und Freyja waren die schnellsten. Lokis Frau rammte ihren Speer in den Kopf des ersten und Freyja rammte ihr Schwert in den Bauch des nächsten. Den letzten erwischte Thor mit seinem Hammer. Er schlug ihm brutal ins Gesicht.

Die Asen lachten über den schnellen Sieg. Heimdall spähte um die Ecke, um den weiteren Weg auszukundschaften. Plötzlich bemerkten sie eine Bewegung am Boden und im nächsten Moment griffen sich die Riesen die Beine der ihnen am nächsten stehenden Götter. Mit einem Ruck beförderten sie sie zu Boden. Es ging so schnell, dass die Asen für einen Augenblick überfordert waren.

Der schnelle Sieg hatte sich in Luft aufgelöst. Scheinbar waren die schwarzen Vulkanriesen nicht so leicht zu töten, wie sie gedacht hatten. Thor war der Erste, der aus seiner Starre erwachte. Zwar war er auch einer der Götter, der zu Boden gerissen worden war. Aber er nutzte seine Position, um aus einer Drehbewegung Schwung für seinen Hammer zu finden. Mit dieser Energie knallte er ihn direkt auf das Gesicht des Riesen, der ihn festhielt. Der Riese ließ los, aber Thor war nicht bereit nachzulassen, denn er wollte ihre Blamage nicht wiederholen. So schlug er fünfmal brutal zu.

Das Gesicht des Riesen zermatschte der Donnergott, bis es platt war. Dann geschah etwas Merkwürdiges. Als das Gesicht komplett in Stücke zerhauen war, fiel auch der Körper des Riesen in sich zusammen und das Vulkangestein löste sich, als ob der Kleber, der es zusammengehalten hatte, aufgehört hatte zu wirken. Die Asen sahen sich verwundert an, aber sie begriffen sofort, dass das das Zeichen war, an dem sie erkennen konnten, dass die Vulkanriesen tot waren.

Ein Ruck ging durch das göttliche Dutzend. Sie warfen sich auf die übrigen Riesen und schlugen auf sie ein, als ob es keinen Morgen geben würde. Erst als auch diese zu Staub zerfallen waren, entspannten sie sich wieder. Derweil hatte Heimdall am Torbogen weiter Wache gehalten, damit sie nicht von weiteren Riesen überrascht würden, die der Lärm angelockt hatte. Zu ihrer Überraschung hatte niemand den Kampflärm mitbekommen.

Sie drangen weiter in die Burganlage vor. Hinter dem Torbogen lag der Haupthof der Festungsanlage. Von dort schien es in die Burg zu gehen. Vor dem Haupteingang standen zwei Wachen mit Prunkrüstung und am Eingang, der am anderen Ende der Burg lag, standen sechs weitere Wachen. Die Situation war brenzlig. Ein Angriff könnte dazu führen, dass sie das ganze Heer aufschrecken würden. Deshalb schickten sie Freyr und Freyja los, um einen besseren Eingang zu finden. Als diese nach einiger Zeit zurückkamen und nicht einmal ein Fenster gefunden hatten, durch das sie hätten eindringen können, entschieden sie sich für den Frontalangriff. Die wanischen Zwillinge und Heimdall kümmerten sich um die beiden.

Heimdall war der schnellste Angreifer. Mit seiner schweren Doppelaxt schlug er mit einem Hieb dem Riesen den Kopf ab, worauf dieser sofort in Stücke zerfiel. Die Zwillinge griffen mit ihren Schwertern an. Wobei sie zuerst den Hieb des Riesen mit seiner Prunkhellebarde abwehren mussten. Denn Heimdalls Angriff hatte ihn aufgeschreckt und er war nicht bereit so schnell aufzugeben. Freyja fing den Hieb mit ihrem Schild ab und ihr Bruder warf sein magisches Schwert in die Luft. Das flog einmal über den Kopf des Riesen hinweg und spießte ihn von hinten auf. Kurz hing der Riese in der Luft. Freyja nutzte die Chance und rammte ihm ihr Schwert in den Bauch. Auch Heimdall kam ihnen zu Hilfe und hieb dem Ungetüm den Schädel vom Kopf.

Nachdem auch der zweite Riese zu Staub zerfallen war, wandten sich die drei Götter um, um zu sehen, wie es den anderen erging. Sie sahen, wie zwischen ihren Freunden und den sechs Giganten ein Kampf entbrannt war. Die Riesen hatten eine Schlachtordnung eingenommen, die sie gut schützte. Aber gerade löschten Sigyn und ihr Mann den ersten aus. Nachdem Sigyn mit ihrem Speer in seinen Bauch gestochen hatte, war ihr Mann mit einem Salto auf dessen Kopf gesprungen und hatte ihn einfach abgerissen. Baldur und Hödr kämpften Seite an Seite und zerhackten den nächsten. Während Tyr sich wie ein wildes Tier durch die Riesen auf der rechten Flanke kämpfte. Nach wenigen Momenten war der Kampf vorüber und als die Zwillinge und Heimdall bei ihnen ankamen, waren alle Riesen zu Staub zerfallen.

Heimdall spähte durch das große Tor. Vor ihnen lag die Zugbrücke und der Burggraben. Dahinter erstreckte sich ein langer Weg, an dessen Ende Hügel lagen. Der Schein der Lagerfeuer flackerte und sie wussten, dass sich dort das Heer der Riesen befand. Kurzerhand entschied sich Heimdall dafür, die Zugbrücke hochzuziehen. Es gab keinen besseren Schutz. Zwar könnte das andere Wachen auf sie aufmerksam machen, aber so waren sie am besten geschützt, falls das Heer ausrückte. Nachdem die Zugbrücke oben war und sich kein weiterer Riese zeigte, wandten sie sich der Pforte zu, die in die Festung führte.

Heimdall und Tyr bildeten die Vorhut. Sie waren die ältesten Götter und bereit, sich dem Sturm der Gegner entgegenzuwerfen. Als sie die Burg betraten, fiel ihnen zuerst die unsagbare Hitze auf. Die Luft kochte förmlich. Heimdall schätzte, dass sie über einem aktiven Vulkan errichtet worden war und er fragte sich, wie sicher es war und wann der nächste Ausbruch drohte.

Zu ihrer Überraschung trafen sie weder in der großen Halle, die sich hinter der Eingangspforte verbarg, noch in den Nebenräumen auf Vulkanriesen. Die Burg wirkte wie ausgestorben. Die Wände waren schwarz. Auch die Decken waren schwarz. Trotzdem glimmte von irgendwoher ein Licht, das die ganze Burg dezent erhellte. Sie liefen die Gänge entlang. Kurz teilten sie sich in drei Gruppen und untersuchten die einzelnen Räume. Als sie sich einige Zeit später wieder in der großen Halle trafen, berichteten alle nur davon, nichts gefunden zu haben.

Plötzlich zerriss ein unsagbar lautes Knallen die Luft. Ihm folgte eine Art Erdbeben. Kleine Steine rieselten von der Decke und Heimdall war kurz davor, den Bifröst zu rufen, um sie vor der herabstürzenden Decke zu retten. Aber dann beruhigte es sich wieder und alles war so mucksmäuschenstill wie zuvor. Sie sahen sich verwundert an. Dann liefen sie weiter zum Ende der Halle.

Noch ehe sie das Ende erreicht hatten, knallte es wieder. Kurz darauf gab es wieder ein Erdbeben. Sie liefen unbeeindruckt weiter und zuckten auch nicht mehr, als es das dritte Mal knallte. Nur Tyr hockte sich hin und legte sein Ohr auf den Boden. Die anderen sahen ihm zu. Als es das vierte Mal knallte, war er sich sicher, gespürt zu haben, wie der Knall weit unter ihnen entstanden war.

Sie mussten eine Treppe finden, die in den Untergrund führte. Wieder teilten sie sich auf. In vier Gruppen schwirrten sie los. Thor lief mit seinen Brüdern Baldur und Hödr eilig einen Flur entlang. Zweimal dröhnte der laute Knall wieder und ließ die Luft zittern, ehe sie Tyrs Brüllen hörten. Hödr wusste sofort, wie sie zu ihm gelangen konnten. Zwar war er auf den Augen blind, aber mit den anderen Sinnen konnte er die Burg ausloten. So waren sie die ersten, die bei Tyr ankamen, aber die anderen folgten schnell.

Tyr und Heimdall hatten eine Wendeltreppe gefunden, die nach unten führte. Der Marsch hinab war ein ernstes strategisches Risiko, aber sie hatten keine Wahl. Genau in diesem Moment ertönte der Knall erneut und das kleine Erdbeben, das darauf folgte, ließ kleine Kiesel von der Decke regnen.

Tyr wollte nicht länger warten und lief los. Die andern folgten. Wie in einer Schlange krochen sie die Treppe runter. Doch plötzlich ging ein Ruck durch die Truppe. Der Uralte hatte sie ausgelöst. Vor sich hatte er Schritte gehört, die sich die Treppen hoch bewegten und sofort hatte er sich umgedreht und die anderen wieder hochgescheucht. Oben angekommen, versteckten sie sich in den angrenzenden Räumen, um sehen, wer dort hochkam.

Es dauerte noch einige Momente, dann tauchte der erste Vulkanriese auf. Obwohl es ihnen allen in den Finger juckte, ihn sofort in Stücke zu hacken, warteten sie. Heimdall hatte das Kommando. Solange er kein Zeichen gab, hielten sie sich zurück. Dem Vulkanriesen folgten noch fünf weitere, dann schienen alle oben zu sein.

Heimdall pfiff scharf und sie stürzten sich so leise wie möglich auf das halbe Dutzend. Heimdall hieb dem letzten mit einem scharfen Hieb seiner Doppelaxt den Kopf von den Schultern, noch ehe die anderen Giganten begriffen hatten, dass sie angegriffen wurden. Aber viel länger hatten sie auch nicht mehr zu leben. Thor sprang dem nächsten auf die Brust und schlug dabei von oben mit dem Hammer zu. Der Kopf des Riesen wurde platt und zerplatzte dann. Vorsichtshalber hatte ihm der Wanengott Freyr noch die Beine abgeschlagen.

Freyja und Sigyn kümmerten sich um den nächsten. Sigyn spießte ihn auf und Freyja teilte ihm mit ihrem Schwert den Schädel. Die ersten drei waren schon zu Staub zerfallen und um die anderen drei kümmerten sie sich gemeinsam. Wie wild hieben sie auf die Riesen ein, bis sie nur noch ein Haufen Staub waren. Die Asen lächelten zufrieden. Jetzt hatten sie den Dreh raus, wie sie die schwarzen Vulkanriesen schnell besiegen konnten. Das gab ihnen einen strategischen Vorteil.

Sie liefen zurück zur Wendeltreppe und stiegen hinab. Es war dunkel. Von oben und unten drang etwas Licht in den Gang, sodass sie ihre Schatten sehen konnten. Das Licht von oben hatte einen leichten Blaustich, aber das Licht von unten schimmerte orange-rot, als ob es von einem Feuer stammen würden.

Die Hitze wurde größer, je tiefer sie stiegen. Mittlerweile hatte es bereits zwei weitere Mal laut geknallt und sie stellten anhand der Lautstärke fest, dass sie sich dem Ursprung des Geräuschs näherten. Es wurde immer heißer. Während es oben heiß wie im Hochsommer war, schien die Luft weiter unten zu brennen.

Das orange-rote Leuchten wurde heller. Sie wussten, dass sie sich dem Ausgang näherten. Mit einem Schnalzlaut seiner Zunge gab Tyr zu verstehen, dass sie da waren. Alle spannten ihre Muskeln an. Sie rechneten jederzeit mit einem Angriff der Riesen oder schlimmerem. Es war möglich, dass der Zauberer ihre Ankunft schon spürte und sie mit einem dunklen Schlag empfangen würde. Leuchtend glänzte der Torbogen.

Als Tyr durch das Tor trat, öffnete sich vor ihm ein riesiges Gewölbe. Es strahlte hell von der Lava und es war so heiß, dass es ganz gegen die Natur der Asen war, die ein Faible für die nordischen Schneelandschaften hatten. Der Weg vor ihnen war aus massivem Vulkangestein. Aber am Rand floss der Lavastrom und verschluckte immer wieder Teile des Gesteins. Sie sahen sich um, als plötzlich wieder ein lauter Knall ihre Trommelfelle zittern ließ.

Diesmal sahen sie, woher das Geräusch kam. Etwas entfernt von ihnen sahen sie eine gigantische Maschine. Wegen der riesigen Tropfsteine, die von der Decke hingen, konnten sie nur Fragmente sehen. Sie hielten kurz an, um zu beraten, was sie sahen, als Hödr sie plötzlich ermahnte, dass sie entdeckt worden waren.

Alle Asen verstärkten den Griff um ihre Waffen. Sie rechneten jederzeit mit einem Angriff und sie nahmen eine Keilformation ein, wobei Thor, Tyr und Heimdall die Spitze des Keils bildeten, weil sie die stärksten Kämpfer waren. Erst als nach einigem Warten nichts passierte, entspannten sie sich wieder. Sie hatten keinen Zweifel an den Worten Hödrs, aber sie fragten sich, warum der Zauberer keine Riesen auf sie hetzte. Stattdessen knallte es plötzlich wieder laut.

Sie drangen weiter in das große Gewölbe vor. Endlich konnten sie das Innere besser sehen. Oben an der Decke hing ein riesiger Schaft, der zu einer Presse gehörte. Gerade hob sie sich wieder und aus dem unteren Teil kam ein Vulkanriese hervor. Er stellte sich zu zwei anderen Riesen, die auf ihn zu warten schienen. Schließlich entdeckten sie auch den Herrn und Meister der Riesen.

Sie hatten ihn vorher nicht gesehen, weil er hinter den großen Tropfsteinen, die von der Decke hingen, nicht zu sehen gewesen war. Er schwebte in der Luft. Seine Hände hielt er vor sich und aus ihnen kam eine Art Strahl. Sie beobachteten, wie der dunkle Zauberer mit seinem Strahl Lava aus dem glühenden Lavastrom holte. Sie schwebte durch die Luft und er steuerte sie auf das Unterteil der Presse. Dort füllte sie genau eine Pressform auf und als diese voll war, wedelte der Zauberer mit seinen Händen einmal schnell von oben nach unten.

Auf einmal rauschte die Presse nach unten. Sie knallte mit unglaublicher Geschwindigkeit auf ihr Unterteil und blieb liegen. Der Knall war markerschütternd, und das Erdbeben, welches folgte, ließ Wellen auf dem Lavastrom entstehen. Damit wussten die Asen endlich, woher der Knall gekommen war. Dann begann sich die Presse leicht rüttelnd wieder in die Luft zu heben. Als das Unterteil wieder frei war, erhob sich ein Vulkanriese aus der Pressform. Die Asen begriffen, dass der Zauberer mit dieser Presse seine Armee aus der Lava der Insel erschuf. Es waren wirklich nur stumpfe Golems, die alle seine Befehle ausführen würden.

Sie hatten genug gesehen. Es gab nur noch eine Möglichkeit. Sie mussten den Zauberer aufhalten, die Presse zerstören und alle Riesen ausschalten. Ohne weiter zu warten, näherten sie sich in loser Schlachtreihe. Denn der Zauberer war allein, abgesehen von den drei Vulkanriesen, die er gerade erschaffen hatte. Loki schätzte, dass sie leicht wie Babys zu besiegen waren, denn bisher hatten sie keinerlei Kampftraining erhalten.

Er sollte recht behalten. Langsam näherten sie sich dem schwebenden Zauberer und als sie nahe genug waren, schickte Freyr sein fliegendes Schwert los und Thor warf seinen Hammer. Der Hammer traf zuerst ein. Er zerstörte präzise und genau den Schädel eines der Riesen, der sofort in sich zusammenfiel und zu Staub wurde. Freyrs Schwert Sumarbrander zerhackte die anderen beiden.

Unschlüssig sahen die Asen zu, wie der Zauberer einfach weitermachte und ihnen keinerlei Aufmerksamkeit schenkte. Sie hatten mit einer wütenden Reaktion gerechnet. Doch unbeirrt erzeugte er einen neuen Zauberstrahl. Damit holte er etwas Lava aus dem Fluss und brachte sie mit Magie zur Presse. Die Asen schauten sich um. Außer ihnen war sonst keiner im Gewölbe. Hinter sich hatten sie die Zugbrücke heruntergelassen. Damit standen zwölf kampferprobte Götter und Göttinnen Asgards einem dunklen Zauberer gegenüber. Keiner von ihnen zweifelte daran, dass sie den Zauberer im Handumdrehen zur Strecke gebracht haben würden.

Thor war der Erste, der einen Frontalangriff wagte. Er schleuderte seinen Hammer in Richtung des Zauberers. Mit der Geschwindigkeit eines Blitzes raste er auf die fliegende Gestalt zu. Diese bewegte sich keinen Millimeter, um auszuweichen. Thor begann bereits zu grinsen, denn den vollen Einschlag seines Hammers konnte niemand überstehen. Doch dann glitt der Hammer einfach durch den

Zauberer hindurch, als ob er nicht da wäre. Thor grunzte enttäuscht.

Ganz ohne Folgen blieb der Angriff nicht. Denn zum ersten Mal zeigte der Zauberer eine Reaktion. Als der Hammer durch ihn hindurchgeglitten war, hatte er seinen Kopf gedreht und die Asen neugierig angeschaut. Allerdings schien es ihn kaltzulassen und er wand sich wieder seiner Presse zu. Mit einer schnellen Handbewegung ließ er sie nach unten knallen.

Von nahem war der Knall noch schwerer zu ertragen. Besonders Loki ging er auf die Nerven. Statt sich wie Thor auf einen konventionellen Angriff zu konzentrieren, wollte er es lieber mit seinen magischen Fähigkeiten probieren. Er webte ein Zaubernetz. Dann ließ er es zum Lavastrom fliegen, um eine Ladung Lavasteine einzusammeln. Genau wie der Zauberer bewegte er es durch die Bewegungen seiner Hände und so ließ er es in die Lüfte steigen und wild kreisen, bis er eine finale Handgeste machte.

Mit Schwung rasten die glühenden Lavasteine auf den dunklen Zauberer zu. Dieser drehte erneut den Kopf und Loki konnte ihm genau ansehen, dass er wütend wurde und das freute den närrischen Gott. Dann trafen die Steine auf ihr Ziel oder anders gesagt, sie hätten es getroffen. Denn in dem Moment, als sie hätten einschlagen sollen, verschwand der Zauberer einfach.

Im selben Moment tauchte er unmittelbar vor Loki auf. Mit einer extrem schnellen Kombination aus fünf Faustschlägen drosch er auf den Gott des Schabernacks ein. Zur Überraschung aller gelang es Loki nicht, einen einzigen Faustschlag rechtzeitig abzublocken. Sie gingen alle durch seine Deckung, hämmerten auf Lokis Schädel ein und das obwohl jeder wusste, dass Loki für seine Schnelligkeit im Kampf berühmt war.

Loki flog durch die Luft. Heimdall sprang los und fing ihn auf, ehe er in den Lavafluss stürzen konnte. Vor Schmerzen rieb sich der närrische Gott das Kinn. Der Zauberer schien noch nicht fertig zu sein. Als ob er nachtragend wäre, fuchtelte er mit den Armen und hob magisch einige Lavasteine aus dem Wasser und schleuderte sie auf Loki. Der sprang wie von der Tarantel gebissen auf und wich den Geschossen aus.

Der Zauberer stand nah am Fluss. Die Asen positionierten sich jetzt in einem Halbkreis um ihn herum. Sie nahmen eine lauernde Stellung ein. Zwar waren sie jederzeit bereit, anzugreifen. Doch sie hielten sich noch zurück. Es war nicht klar, ob sie mit ihren Waffen überhaupt etwas ausrichten könnten, nachdem nicht einmal der Hammer Thors dazu in der Lage gewesen war.

Schließlich ergriff Heimdall das Wort. Er forderte den Zauberer auf, seinen Namen zu nennen. Stumm und ohne ein Wort zu sagen, starrte der Magier Heimdall an. Dieser wiederholte seine Frage. Als er immer noch keine Antwort bekam, erzählte er ihm, dass sie von seinen Plänen erfahren hatten, Krieg über Midgard zu bringen und dass sie Asen waren und niemals zulassen würden, dass er den Menschen schadete.

Kaum dass Heimdall seine Position klargemacht hatte, hob der Zauberer seine rechte Hand und ließ sie blitzschnell nach unten fallen. Die Asen sahen sich verwundert an. Keiner von ihnen wusste, was das bedeutete, obwohl ihnen klar war, dass solche Handgesten bei Zauberern selten ein gutes Zeichen waren. Plötzlich spürte Heimdall, wie kleine Kiesel auf seine Schulter rieselten. Augenblicklich hob er den Kopf.

Von oben raste einer der großen Tropfsteine auf ihn zu. Ihm war jetzt klar, was der Zauberer ausgelöst hatte, aber viel wichtiger war es, dem Tropfstein zu entkommen. Mit einem gewagten Hechtsprung und dem Kopf voraus sprang er wagemutig zur Seite. Es war keine Sekunde zu früh gewesen, denn schon im nächsten Augenblick knallte der Tropfstein auf die Stelle, wo Heimdall eben noch gestanden hatte.

Ganz ohne Schäden kam der neunmüttrige Wächtergott nicht davon. Viele Bruchstücke des Tropfsteins flogen nach seinem Aufprall durch die Gegend. Eines traf sein Knie und zwei weitere seine Schulter und sein Gesicht. Ohne lange zu zögern, stand Heimdall wieder auf. Er leitete die Gruppe an und er durfte keine Sekunde Schwäche zeigen. Schreiend rannte er auf den Zauberer zu. Die riesige Doppelaxt hielt er angriffsbereit in die Luft.

Er schlug zu. Zwar rechnete er damit, einfach durch den Körper des Zauberers hindurchzugleiten. Aber was dann passierte, machte ihn noch sprachloser. Der Zauberer fing die Axt einfach auf und das nicht einmal an ihrem Griff, sondern an ihrer scharfen Seite. Heimdall war so perplex, dass er nicht reagieren konnte, als die andere Hand des Magiers nach vorne schnellte und ihn an der Kehle packte.

Als ob Heimdall ein Leichtgewicht wäre, drückte der Zauberer zu und hob ihn zugleich in die Höhe. Heimdall spürte den Schmerz und er sah in den Augen des Zauberers, dass er das kleine Spiel zu genießen schien. Doch das hatte auch für ihn ein Nachspiel. Vom Genuss Heimdall zu quälen abgelenkt, bemerkte er nicht, wie sich Sigyn von hinten angeschlichen hatte. Als sie eine gute Position eingenommen hatte, warf sie ihren Speer.

Ein Zucken ging durch den Körper des Zauberers, als der Speer in seinem Rücken stecken blieb. Sein Griff erschlaffte und er ließ Heimdall fallen. Dieser wartete nicht länger und hieb sofort wieder zu. Seine Axt traf den Zauberer am Bein und fällte ihn wie einen Baum. Kaum dass der Zauberer auf dem Boden aufschlug, wollte sich Heimdall auf ihn stürzen. Er sprang hoch, um mit den Knien auf des Zauberers Brust zu landen. Doch in diesem Augenblick hob der Zauberer seine Hand.

Heimdall blieb mitten in der Luft stehen und wurde dann von einer unsichtbaren Macht zurückgeschleudert. Brutal schlug er auf dem Boden auf und blieb tatsächlich kurz reglos liegen. Freyja eilte ihm sofort zu Hilfe, während die anderen auf den Zauberer zurannten. Denn die Chance war gut, ihn gemeinsam zur Strecke bringen zu können. Der dunkle Magier schien den Ansturm bemerkt zu haben. Er schlug mit seinen beiden Händen mehrmals auf den Boden, als ob er eine Trommel schlagen würde. Die Asen ließen sich davon nicht beirren, aber da rasten bereits die ersten Geschosse von der Decke.

Mit seinen Trommelschlägen hatte der Zauberer ein Erdbeben an der Decke des Gewölbes ausgelöst. Es war stark genug, um mehrere der Tropfsteine abzubrechen. Sie sausten jetzt auf die Köpfe der Asen hinab. Loki musste als Erster ausweichen, weil ihn sonst ein sehr großer und spitzer Stein einfach aufgespießt hätte. Auch die anderen begannen, Schlangenlinien zu laufen.

Immer mehr der spitzen Tropfsteine knallten auf den Boden. Selbst der Zauberer musste einem ausweichen.

Zugleich konnten alle sehen, dass er sehr geschwächt war. Der Speer Sigyns schien seine Wirkung nicht verfehlt zu haben. Baldur, der als Erster beim Zauberer ankam, wollte mit seinem Schwert dem Zauberer den Rest geben. Dieser hatte sich mittlerweile wieder erhoben, schwankte aber vor Schmerzen. Dennoch begann er, mit seinen Händen eine magische Sigille zu spinnen. Just bevor Baldur ihn erreichte, blitzte diese auf und Baldurs Schwert traf auf einen magischen Schutzschild, der seinen Hieb zurückprallen ließ.

Freyr und Thor kamen als nächste. Sie schlugen wie wild zu. Doch auch ihre Waffen prallten an dem magischen Schild einfach ab. Auch den anderen Göttern erging es so, nachdem sie in Reichweite ihrer Waffen gekommen waren. Doch die Asen waren nicht bereit aufzugeben. Manche magischen Schilde hatten nur begrenzte Energie und sie hofften, mit mehr Schlägen würde der Schild bald zusammenbrechen. Doch nachdem sie jeder mindestens einhundertmal auf den Schild eingeschlagen hatten und sich nichts verändert hatte, hörten sie auf.

Die Asen und der Zauberer sahen sich mit bösen Blicken an. Plötzlich grinste der Zauberer fies. Er sah sich einen Asen nach dem anderen an. Während er die eine Hand die ganze Zeit in die Luft hielt, als würde er den Zauberschild so aufrechterhalten, begann er mit der zweiten mehrere Handzeichen zu formen. Eine schwarze Flüssigkeit begann zu entstehen. Sie wirbelte mit der selben Geschwindigkeit, wie der Zauberer seine Finger kreiste. Dann bildete er eine Faust.

Die Asen konnten beobachten, wie die schwarze Flüssigkeit sich selbstständig machte. Sie flog durch die Luft auf den Rücken des Magiers. Nicht alle konnten sehen, was passierte, aber Freyja, die ganz am Rand stand, beschrieb, wie sich die schwarze Flüssigkeit auf die Wunde legte, die Sigyn dem Zauberer zugefügt hatte. Sie begriffen, dass es ein Heilzauber war und es hieß, dass einer ihrer Vorteile damit verloren war.

Als keiner der Asen eine Idee hatte, entschied sich Loki wieder zu zaubern. Diesmal verzichtete er auf das Netz. Er erzeugte eine magische Energie und hob direkt etwas pure Lava aus dem Fluss und schleuderte sie auf den Schild. Alle sprangen zurück, als die Lava auf den magischen Schild traf. Sie sahen, wie die Lava auf eine Art unsichtbare Kugel aufprallte und an ihren Seiten wieder runterlief. Aber sie sahen auch, wie zwei einzelne Tropfen sich durch den Schutzschild zu fressen schienen. Schließlich gelang es ihnen und sie fielen zischend zu Boden.

Loki wollte die Chance nutzen und webte sofort einen neuen Zauber. Doch auch dem Zauberer war die Schwäche seines Schildes nicht entgangen. Ohne länger zu zögern, begann er, sich in die Luft zu bewegen. Er stieg immer weiter nach oben und hielt erst kurz vor der Decke des Gewölbes an. Mit pechschwarzen Augen beobachtete er seine Gegner und diese erkannten an den Bewegungen des Zauberers, dass ihn die schwarze Flüssigkeit komplett geheilt hatte. Denn seine Bewegungen wirkten wieder stark und widerstandsfähig.

Keiner von ihnen hatte einen Plan. Sie mussten sich eingestehen, dass ihr Gegner anders war, als sie erwartet hatten. Zwar hatten sie ihm eine erste Verwundung zufügen können, aber diese hatte er mit seiner Magie wieder geheilt. Es bedeutete, dass nur ein konzentrierter Angriff mit sehr viel Wucht ihn zu Fall bringen würde oder sehr starke Magie. Außer Freyja beherrschte keiner von ihnen diese Art von

Magie. Sie wusste das und zugleich wussten sie alle, dass diese Art von Magie viel Vorbereitung brauchte.

Die Frage war, ob sie diese Zeit hatten? Denn der Zauberer schien seine passive Rolle zu verlassen und er wechselte in den aktiven Angriffsmodus. Zuerst erzeugte er mehrere Feuerbälle und schleuderte sie den Asen entgegen. Diese wichen gezielt aus. Das schien den Zauberer zu motivieren, größere Feuerbälle zu erschaffen, denen nicht mehr so leicht auszuweichen war.

Mehr als zwanzig große Feuerbälle schleuderte er gegen die Asen, ehe er aufhörte, da kein einziger einen Gott getroffen hatte. Zwischendurch hatten die Asen mehrere große Steine auf den Zauberer geschleudert. Diese waren einfach am Schutzschild abgeprallt. Aber das war den Asen klar gewesen und sie hatten nur als Ablenkungsmanöver gedient, um Loki etwas Zeit zu verschaffen.

Der närrische Gott hatte hinter einem großen Stein Deckung gesucht, so dass er für den Zauberer nicht mehr zu sehen gewesen war. Dann hatte er eine größere magische Energie gewebt. Mit dieser hatte er in einiger Entfernung eine große Lavablase über dem Lavafluss geformt, die nun rotierend über der Oberfläche schwebte. Als Heimdall, Baldur und Thor wieder eine Batterie Steine auf den Zauberer abgefeuert und dieser ihnen als Antwort einige Feuerbälle entgegengeschleudert hatte, hatte Loki seine Chance gesehen. Seine Lavablase rauschte von hinten auf den Zauberer zu. Dieser merkte nichts, denn die anderen Asen lenkten ihn gekonnt ab. Aber plötzlich hielten alle an und warteten nur noch auf den Einschlag.

Die Wucht, mit der die Lavablase auf den Schutzschild prallte, war enorm. Der Zauberer wurde durch die Luft geschleudert und knallte zuerst gegen die Decke des Gewölbes. Dann fiel er wie ein nasser Sack nach unten. Es knallte laut, als er unten aufschlug. Doch schon bevor er aufgeschlagen war, hatten die Asen den Punkt des Einschlags geschätzt und waren dorthin gerannt.

So waren sie sofort zur Stelle, als der Zauberer auf dem Boden aufschlug. Keiner von ihnen wusste, ob sein Schild noch aktiv war und ihre Angriffe vergebens wären. Aber sie mussten es zumindest probieren. Um so erstaunter waren sie, als Tyr mit einem gewagten Sprungangriff mit seinen Knien direkt auf der Brust des Zauberers landete und sein Schwert mitten in dessen schwarzes Maul rammte.

Der Schrei des dunklen Magiers war ohrenbetäubend und doch hielt sich kein Ase zurück. Nachdem Tyr sein Schwert wieder rausgezogen und noch zweimal in die Augenhöhlen jeden Auges gerammt hatte, machte er Platz für die anderen Götter. Wie verrückt hieben, schlugen und traten sie auf den Zauberer ein. Sie zerhackten ihn wortwörtlich in tausend Stücke. Dabei schrien und schnaubten sie. Mehrere Minuten ging dieses Szenario. Dann traten sie alle zurück und sahen sich den Haufen aus Leichenteilen an.

Sie wussten nicht, ob das schon der Sieg war. Manche Zauberer hatten die Kraft, ihre Leichenteile wieder zusammenzufügen und sich selbst wiederzubeleben. Deshalb starrten sie auf die Stellen und hielten ihre Waffen fest, um jederzeit wieder zuschlagen zu können, falls sich einer der Leichenfetzen zu bewegen begann. Doch nichts geschah und auf einmal gab es kein Halten mehr und sie begannen zu jubeln.

Tyr war der Einzige, der noch nicht bereit war, den Tod des Zauberers zu akzeptieren. Er begann jeden Schnipsel des toten Zauberers einzusammeln und in den Lavastrom zu schmeißen. Er wollte so sichergehen, dass nichts von dem dunklen Magier übrig blieb. Als die anderen bemerkten, was er tat, nickten sie stumm und begannen ihm zu helfen. Ehe sie alle zerhackten Stücke für immer in der Lava versenkt hatten, dauerte es einige Zeit. Doch als es endlich nichts mehr gab, was an den Zauberer erinnerte, feierte auch Tyr ihren Sieg.

Sie stiegen die Wendeltreppe wieder hinauf. Heimdall wunderte sich, dass die Burg nicht zusammengefallen war, nachdem der Zauberer gestorben war, aber so könnten die Menschen der Insel vielleicht noch etwas Nützliches aus der schwarzen Wehranlage machen. Am großen Haupttor angekommen, ließen sie die Zugbrücke runter, um zurück zum Hafen zu marschieren.

Der Krach am Horizont ließ sie innehalten. Nicht nur die Burg war nicht zerfallen, auch das Heer aus Vulkanriesen existierte weiter. Sie sahen sich irritiert an. Plötzlich fing Loki an zu lachen. Als ihn Freyja fragte, was mit ihm nicht stimme, nannte er seine Mitstreiter Faulpelze. Dann zog er sein Schwert und rannte los.

Die anderen sahen ihm hinterher. Jeder von ihnen hatte die Kritik verstanden, aber sie waren nicht bereit, es auf sich sitzen zu lassen. Nach dem Tod des Zauberers waren sie davon ausgegangen, dass der Kampf vorbei war, aber sie würden sich nicht vor einem Heer aus Riesen fürchten. So war es Thor, der als Zweites seinen Hammer in die Höhe riss und losrannte. Die anderen machten es ihm nach und schon stürmte das göttliche Dutzend auf das Heer zu.

Sie rannten über den kleinen Hügel, hinter dem das Heerlager der Vulkanriesen lag. Sie hatten nicht das

Bedürfnis, sich anzuschleichen. Ihnen war nach einem Gemetzel. Die Riesen waren die perfekte Beute. Seitdem sie die Schwachstellen der Riesen kannten, wussten sie genau, wie sie angreifen mussten. Zwar lag vor ihnen ein ganzes Heer mit mindestens vierhundert Riesen, aber davon würden sie sich nicht aufhalten lassen.

Loki kam zuerst an. Sein wildes Kriegsgeschrei schreckte die Riesen auf. Sie griffen ihre Keulen aus Vulkangestein und stellten sich dem Gott des Schabernacks. Dieser rannte immer schneller. Dann sprang er in die Luft, machte einen Salto und rammte sein Schwert dem ersten Riesen von oben direkt in den Kopf. Dieser klappte nach hinten. Loki blieb auf ihm stehen, zog aber sein Schwert wieder aus dem Schädel. Dann knallte das Monster laut auf den Boden. Loki stach sein Schwert genau im Moment des Aufpralls in den Hals des Riesen. Das Schwert blieb stecken und Loki nutzte es wie einen Hebel, um den Kopf des Riesen von seinem Körper zu trennen.

Kaum dass der Kopf abgetrennt war, zerfiel der Riese zu Staub. Doch Loki hatte keine Zeit, sich auszuruhen. Denn genau in dem Moment kam eine riesige Keule angeflogen und drohte, ihm den Schädel zu zertrümmern. Er duckte sich weg und war überrascht, als es der Riese wirklich schaffte, blitzartig einen Tritt folgen zu lassen. Dieser traf Loki in den Bauch und schleuderte ihn durch die Luft.

Während Loki unsanft auf den Boden prallte, hatte sich Thor von hinten dem Riesen genähert, der Loki getreten hatte. Auch er sprang hoch und schlug seinen Hammer mit einem wuchtigen Hieb auf den Kopf des Giganten. Dieser wurde augenblicklich zerquetscht und im selben Moment zerfiel der Riese zu Staub.

Der Krach des Kampfes hatte die anderen Riesen aufgeschreckt. Sie brüllten und grunzten wie verrückt, um den Rest des Heeres über den Angriff zu informieren. Die ersten zwanzig Vulkanriesen näherten sich bereits Thors Position. Das war jedoch auch der Moment, als sich der Rest der Asen näherte. Nachdem Loki sich wieder erhoben hatte, bildeten sie eine zweireihige Phalanx und stellten sich dem wilden Knäuel aus dunklen Riesen entgegen.

Plötzlich löste sich Tyr aus der Phalanx und alle lachten. Der uralte Gott hatte sich nie gut mit Regeln und Ordnung getan. Er kannte die Tugend der Ehre und des Mutes, aber davon abgesehen, kämpfte er immer wie ein wildes Tier im Rausch. Die Berserker des Nordens kämpften wie er, denn er ist ihr Ahnherr. Er sprintete los und sprang. Seine Klinge führte er abwärts. In den letzten Kämpfen hatte sie bereits viele Kerben bekommen und musste eigentlich neu geschliffen werden. Aber seine animalische Kraft war so groß, dass sie links neben dem Hals des Riesen eindrang, quer durch seinen Körper glitt und erst rechts unten im Beckenbereich wieder rauskam.

Kurz starrten die anderen Riesen ihren Kumpanen an. Dann löste sich die obere Hälfte des Körpers ab und glitt nach unten. Der Rest des Torsos kippte nach. Ein gewaltiges Gebrüll war die Antwort. Die Riesen wollten ihren Bruder rächen. Deshalb stürzten sich alle auf Tyr. Die Asen legten jetzt auch los, denn sie wollten ihren Ältesten nicht allein lassen. Doch noch ehe sie ankamen, fielen die nächsten Riesen Tyrs Urgewalt zum Opfer und die anderen begriffen, dass er niemals ihre Hilfe brauchen würde.

Sie hieben von außen auf das Knäuel ein, das Tyr umringte. Der schlug sich von innen tapfer. Er spaltete Schädel, schlug

Arme ab und rammte sein Schwert mehrfach von unten in die Schädel der Riesen. Nichts davon tötete die Riesen. Aber es schwächte sie oder brachte sie zu Fall. Seine Mitgötter erledigten den Rest, bis sie alle zu Staub zerfallen waren.

Eine Verschnaufpause gab es nicht. Die ersten Riesen aus dem Heerlager trafen bereits ein. Als sie über ihre Schultern guckten, sahen sie, wie sich mehr als fünfzig schwarzen Bestien näherten. Sie alle wussten, dass das erst die Vorhut war. Sobald sich der Rest des Heeres gesammelt hatte, würden sie gegen mehrere hundert Riesen gleichzeitig kämpfen müssen.

In guter alter Teamarbeit zerhackten sie die Riesen, die sich näherten. Zuerst waren es nur einzelne. Als diese bemerkten, dass sie einfach aufgerieben wurden, gruppierten sie sich zu dreier und vierer Gruppen. Aber auch diese töteten die Asen federleicht. Doch die fünfziger Horde näherte sich bedrohlich schnell. Deshalb hielten sie nach einem geeigneteren Kampfplatz Ausschau. Denn wenn man zahlenmäßig dem Feind unterlegen war, brauchte man eine besonders gute Kampfstellung, um den Zahlenvorteil des Feindes zu minimieren.

Während sie die letzte beiden Grüppchen Riesen zu Staub zerschlugen, die vor der Horde kamen, hatten sie sich umgesehen. Es gab nur einen Ort, der ihnen einen strategischen Vorteil bieten würde und das war die Burg. Heimdall gab das Signal zum Rückzug. Tyr und Thor bezogen Schulter an Schulter Stellung, um den Rückzug zu decken. Der Rest rannte zur Zugbrücke.

Die Spitze der Horde traf auf die beiden Götter. Thor sandte dem ersten seinen Hammer entgegen. Er knallte so heftig, dass es dem Riesen den Kopf von den Schultern riss.

Tyr schlug mithilfe seiner urigen Kraft seine Klinge durch den Bauch eines Riesen und teilte ihn damit in zwei Teile. Hinter ihren beiden Opfern tauchte sofort ein Dutzend neue auf. Die beiden wussten, dass sie diesem Ansturm nicht lange standhalten konnten. Sie blickten über ihre Schultern und sahen, wie die anderen Asen durch das Burgtor rannten.

Sie fällten noch zwei weitere Riesen. Dann schlug Thor einem anderen Riesen auf den Kopf, der sich Tyr von hinten greifen wollte und dann rannten sie los, als ob hinter ihnen die Erde zusammenfallen würde. Das Burgtor kam schnell näher, zugleich hörten sie, wie der Krach hinter ihnen lauter wurde. Thor blickte sich über die Schulter, während sie rannten und erkannte, dass der Rest des Heeres aufgetaucht war.

Die Horde hatte sich auf weit mehr als zweihundert Riesen vergrößert. Die Asen schluckten. Vor ihnen lag eine wirkliche Mammutaufgabe. Nur Heimdall gab sich unbeeindruckt. Er spornte alle an, nicht zu zweifeln. Sie waren Asen und jeder Riese sollte wissen, warum sie die mächtigsten Kriegsgötter in Yggdrasils Welten waren.

Nach seiner Rede brüllte er wie ein Löwe. Die anderen ließen sich mitreißen und begann ebenfalls laut und wild zu brüllen. Thors Söhne schlugen sich sogar auf die Brust und lehnten sich weit über die Brüstung, um jeden Riesen wissen zu lassen, dass sie nur kommen sollten. Das war auch der Moment als Tyr und Thor in der Burg ankamen. Sie waren viel schneller als die Riesen und so blieben ihnen noch einige Momente, ehe die ersten Giganten eintreffen würden.

Zuerst zogen sie die Zugbrücke hoch und ließen das große Gitter runter. Zu ihrem Glück hatte die Burg nur einen Eingang. Als sie selbst eindringen wollten, war das ein

Nachteil gewesen. Doch für eine Verteidigung war es gut. So musste sich die große Horde auf eine Stelle konzentrieren. In der offenen Feldschlacht hätten sie die Asen mit ihrer Übermacht einfach überrennen können. Doch wegen der kleinen Brücke, dem Burggraben und natürlich der Mauer gab es diese Möglichkeit nicht.

Ihr Pech war, dass die Burg kaum Material für eine Verteidigung besaß. Es gab keine Haubitzen oder Öl, das sie anzünden konnten, um es über die Riesen zu kippen. Sie mussten mit den Waffen arbeiten, die sie selbst trugen. Die waren leider nur wenig dafür geeignet. Sigyns Speer war schon die beste ihrer Waffen, um von oben den Riesen in den Schädel zu stechen. Thor entschied sich, Teile der Mauer mit seinem Hammer einzuschlagen, damit sie die Steine auf die Riesen werfen konnten. Seine beiden Söhne halfen ihm und nach kurzer Zeit türmte sich ein kleiner Berg auf.

Plötzlich ertönte Heimdalls Horn. Sie wussten alle, dass es ab jetzt ernst wurde, denn die Riesen hatten die Burg erreicht. Eine Sekunde später drang das stumpfe Grummeln der Riesen an ihre Ohren und sie liefen zur Brüstung. Loki schrie wild, aber den anderen war tatsächlich ein bisschen übel. Die Riesen der Horde schienen größer zu sein als die Riesen, die sie in der Burg erschlagen hatten. Heimdall vermutete, dass sie noch wachsen würden, nachdem der Zauberer sie in seinem Lavakeller erschaffen hatte.

Die Riesen kletterten den Burggraben runter und drängten an die Mauer. Einige kletterten auch die Zugbrücke hoch und rüttelten am Tor. Freyr und seine Schwester standen Wache am Tor. Sie stachen auf alles ein, was sich vor dem Tor zeigte. Einige Riesen zerfielen zu Staub, aber die meisten trugen nur Wunden davon, aber rüttelten trotzdem weiter an den Gitterstäben.

Sigyn stach dem Ersten in den Kopf. Er brüllte wild und versuchte, ihren Speer zu fassen zu kriegen. Dann strauchelte er und fiel um. Aber er blieb nicht liegen, sondern stand nach wenigen Momenten wieder auf. Die anderen waren derweil zu dem Steinhaufen gerannt und schleppten die großen Brocken heran. Gemeinsam legten sie die Steine auf der Brüstung ab. Heimdall sah über die Brüstung. Dann gab er das Zeichen und sie ließen die Steine fallen.

Einige der Steine verfehlten ihr Ziel oder krachten nur auf Schultern und Füße. Doch vier der riesigen Klötze krachten einem Riesen direkt auf den Kopf. Sie zermatschten den Schädel vollständig und das Ungetüm zerfiel zu Staub. Der Jubel der Asen war groß. Sie rannten sofort zu Thor und seinen Söhnen zurück, die weiter dabei waren, die Wände einzureißen.

Wieder ließen sie einen Steinregen über den Vulkanriesen nieder rieseln. Wieder zerschmetterte es einigen Riesen den Schädel. Heimdall spornte sie an, schneller nachzuladen und so rannten sie so schnell wie möglich zurück zu Thor. Nur Sigyn und Heimdall blieben an der Brüstung und stießen die Riesen zurück, die versuchten, über die Mauer zu klettern. Schließlich entschieden sie sich, eine Kette zu bilden, um die Steine durchzureichen. An der Spitze stand Heimdall neben Sigyn, die weiterhin dafür sorgte, dass kein Riese über die Brüstung klettern konnte.

Der Wächtergott hatte Zielwasser getrunken. Jeder Wurf saß und zerschmetterte einen weiteren Schädel. Selbst Sigyn verbesserte ihre Technik und schaffte es, gelegentlich einen der Kletterer zu Staub zu stechen. Schon nach einiger Zeit merkten sie, dass ihr Plan nicht von Dauer sein würde. Zum einen war über den Hügel der Rest des Heeres geströmt. Heimdall schätzte die Zahl der Horde auf fünfhundert.

Zum anderen fiel es Sigyn immer schwerer, alle Kletterer zurückzustoßen. Immer mehr Riesen drückten gegen die Mauer. Sie bildeten Pyramiden, die Sigyn so gut wie möglich versuchte, zum Einsturz zu bringen. Drei Riesen nahmen zwei weitere auf die Schulter und ein Dritter kletterte auf die beiden, um so über die Mauer ins Innere der Burg gelangen zu können.

Während Sigyn gerade mit einem sehr widerspenstigen Ungetüm beschäftigt war, schaffte es der erste Riese über die Brüstung zu klettern. Ein zweiter folgte ihm sofort. Heimdall rief den Asen Befehle zu. Sie lösten ihre Kette. Loki, Baldur und Hödr stürmten zu den beiden Riesen. Zuerst hackten sie wie wild auf sie ein, bis sie zu Staub zerfielen. Dann stachen sie mit ihren Schwertern über die Brüstung, um die Pyramide zu Fall zu bringen. Derweil schafften Heimdall und der Rest, der noch zur Verfügung stand, neue Steine heran. Mit ihren Würfen konzentrierten sie sich jetzt auf die zahlreicher werdenden Pyramiden, über die die Riesen ins Innere der Burg kommen wollten.

Doch das war nicht ihre einzige Schwachstelle. Auch die beiden am Tor hatten viel Arbeit. Die wanischen Zwillinge stachen mit ihren Klingen durch die Lücken zwischen den Metallstäben des eisernen Zugtores. Vor dem Gitter begannen sich schon die Leichen zu stapeln. Doch die Riesen nutzten das zu ihrem Vorteil aus. Sie begannen die toten Körper ihrer Waffenbrüder wie eine Art Rammbock zu nutzen. Dadurch waren sie zum einen vor den Schwertern der Wanen geschützt, da die Distanz zu groß war und zum anderen brachten sie die Türbänder zum Wackeln. Schwarzer Staub rieselte bereits an den Scharnieren runter. Dann gab das erste nach. Die Wanen riefen nach Verstärkung und keine Sekunde später standen ihnen Tyr und Loki zur Seite.

Zu viert drückten sie gegen das Tor. Doch der Druck der Riesen war groß. In Schüben knallten sie mit ihrem Gewicht gegen die Leichen ihrer Brüder und ließen das Tor erzittern. Plötzlich brach das erste obere Scharnier aus der Wand. Die Riesen grölten. Ganz dumm schienen sie doch nicht zu sein, meinte Loki und stemmte sich noch stärker gegen das Tor, um es zu stabilisieren.

Es half nicht viel, auch wenn sie dem Druck noch standhielten; so konnten sie es nicht aufhalten. Nach einem Dutzend weiterer Schübe von außen gab auch das zweite obere Scharnier nach. Schon kamen die ersten Riesen über die Leichen geklettert und warfen sich gegen das Gitter. Noch ehe die vier Asen reagieren konnten, knickte es nach innen weg. Mit ihren Schilden verhinderten sie zwar, dass es ihnen auf die Köpfe knallte. Aber dennoch konnten sie nicht verhindern, dass die Riesen einer nach dem anderen in die Burg strömten.

Tyr brüllte laut. Er drückte das Tor nach oben, sodass sie sich zurückziehen konnten. Dann bildeten sie ein kleines Knäuel, um die ersten Riesen in Empfang zu nehmen. Der Erste rannte auf sie zu und trat dann mit seinem Fuß gegen Freyrs Schild. Der flog einige Meter durch die Luft. Seine Schwester hatte ihn zu greifen versucht und dadurch kurz ihre Deckung aufgegeben. Der Riese hatte das gnadenlos ausgenutzt und ihr mit der Rückhand seiner riesigen Pranke direkt ins Gesicht geschlagen. Auch sie fiel nach hinten.

Tyr gefiel das gar nicht. Er blockte den nächsten Schlag des Riesen mit seinem stumpfen Arm und hieb dann das Bein des Riesen ab, so dass der zur Seite klappte. Baldur übernahm den Rest. Er schlug mit seinem Schwert zweimal gegen den Hals, bis sich der Kopf löste und der Riese zu Staub zerfiel. Auch die nächsten vier Riesen töteten sie mit vorbildlichem Teamwork.

Die nächsten stürmten durchs Tor und es gelang ihnen nicht mehr, sie alle zu binden. Die ersten beiden stürmten die Treppe hoch. Freyr schrie und Heimdall regierte schnell. Er trat dem Ersten gegen die Brust, so dass er zurück purzelte und auf seinen Kumpanen fiel. Heimdall sprang vorwärts und landete mit seinen Knien auf der Brust des Riesen. Mit dem stumpfen Ende des Griffs seiner Axt schlug er blitzschnell mehrmals auf den Schädel des Riesen ein. Nach dem fünften Schlag löste sich der Kopf und zerfiel zu Staub. Ohne auch nur eine Sekunde zu zögern, richtete er sich leicht auf, um besser ausholen zu können. Er ließ seine Axt kreisen. Sie traf präzise den Hals des zweiten Riesen und ging durch ihn wie ein Messer durch warme Butter. Dann löste er sich in Staub auf.

Heimdall hatte keine Zeit zum Verschnaufen. Die nächsten stürmten bereits auf ihn zu. Auch die anderen kamen in Bedrängnis. Sigyn schaffte es auf der Brüstung nicht mehr, alle Riesen rechtzeitig zurückzustoßen. Unten am Tor bildeten sie eine Art Brückenkopf. Mit dem Geröll aus den zerfallenen Riesen schafften sie es, zwischen sich und den Asen eine Art Schutzwall zu errichten, hinter dem sie uneingeschränkt in die Burg strömen konnten. Als Heimdall sich einen Überblick über die Situation verschafft hatte, blies er zum Rückzug.

Die restlichen Asen folgten dem Ruf ihres Anführers. Sie schlugen eine Schneise durch die Riesen und sammelten sich vor der großen Pforte, die ins Burginnere führte. Als alle da waren, sicherten Tyr und Thor wieder den Rückzug und die anderen betraten die Burg. Nachdem Tyr und Thor einem weiteren halben Dutzend Unholde den Gar ausgemacht hatten, folgten sie den anderen. Kaum dass sie drinnen waren, verbarrikadierten sie das Tor mit allem, was sie finden konnten.

Das laute Hämmern war ohrenbetäubend. Die Giganten schlugen wie wild auf das Tor und das Mauerwerk ein. Das ganze Gemäuer bebte und die Asen wussten, dass sie nicht viel Zeit hatten. Sie brauchten einen Plan, um die Armee der schwarzen Riesen zu besiegen. Nachdem keinem etwas eingefallen war, hatte Loki eine Idee. Sie war riskant und gefiel nicht jedem. Doch als Heimdall fragte, ob jemand eine bessere Idee hätte, erntete er nur Schweigen.

Lokis Plan war simpel und gefährlich. Sie würden sich aufteilen. Heimdall, die beiden Zwillinge aus Wanaheim und die Zwillinge aus Asgard würden nach oben gehen. Der Rest der Truppe würde unten warten, bis die Riesen die Tür aufsprengen würden. Dann sollten sie sich immer weiter nach unten bis in die Vulkankatakombe treiben lassen.

Während die einen unten kämpften, sollten die anderen die beste Position oberhalb der Katakombe finden, wo man sie einstürzen lassen könnte. Dafür war Heimdalls magisches Ohr nötig. Denn er konnte so gut hören, dass er sogar das Gras wachsen hören konnte. Dort, wo die Decke am dünnsten war und zugleich ein Einsturz eine Kettenreaktion auslösen würde, sollten Freyr und Freyja ihre Zauberkraft einsetzen.

Beide Wanen waren in der Magie bewandert. Aber vor allem Freyja war eine Meisterin der Magie. Sie beherrschte sogar das Seidr, was die mächtigste Magie in allen Welten Yggdrasils war. Sobald Heimdall die perfekte Stelle gefunden hatte, sollte er in sein Horn blasen, um Loki und die anderen zu warnen, die unten mit den Riesen kämpften. Sie müssten dann nur noch fliehen und den Ausgang verbarrikadieren, damit die Riesen nicht fliehen konnten, dann würden Freyja und ihr Bruder einen Zauber erzeugen und die Decke zum Einsturz bringen.

Die Gefahr bestand darin, dass es Loki und die anderen nicht rechtzeitig rausschafften. Sonst würden sie auch von den Trümmern begraben werden. Aber auch für die beiden Zwillingspaare und Heimdall war der Plan riskant. Denn sie müssten sich rechtzeitig in Sicherheit bringen, ehe das Gewölbe unter ihren Füßen zusammenbrach. Da es der einzige Plan war, den sie hatten, zögerten sie nicht länger. Heimdall und die vier Zwillinge liefen durch die Gänge, bis sie raus auf die Mauern über dem Hof kamen.

Sie mussten sich hinter der Mauer ducken und konnten sich nur kriechend vorwärts bewegen. Zwar hatte Heimdall einen kurzen Blick gewagt, aber das hatte ihm nur gezeigt, wie ernst die Situation war. Der gesamte Hof der Burg war mit Riesen gefüllt. Sie drängten sich so eng zusammen, dass kaum noch eine freie Stelle zu sehen war. Die Horde konzentrierte sich voll und ganz auf das Tor. Scheinbar waren sie nicht die Klügsten und suchten deshalb keinen zweiten Eingang.

Sie nutzten das Glück und krochen über die Burgmauer. Heimdall versuchte bereits, die Vibrationen im Gemäuer zu hören. Anderen wäre das nicht möglich gewesen. Aber er konnte wirklich hören, wie kleine Wellen durch die Mauern gingen. Es verriet ihm etwas über die Zusammensetzung und Beschaffenheit. Sie umrundeten die Burg, bis sie zu einer weiteren Tür kamen, die in den oberen Teil der Burg führte. Froh, aus der Hocke rauszukommen, stieß Baldur die Tür auf, um sich weit ausstrecken zu können.

Die Überraschung war groß und ein Hammer fiel klirrend zu Boden. Die Götter hinter Baldur staunten, als sie die große Werkstatt sahen, in der mehr als zwei Dutzend Zwerge ihrem Handwerk nachgingen. Was sie herstellten, waren riesige Waffen für die Armee der Riesen. Doch die Überraschung war auf beiden Seiten groß und für einige Augenblicke verharrten alle und starrten sich an.

Die Asen waren nicht darauf aus, die Zwerge zu töten. Sie waren Schmiede. Der dunkle Zauberer hatte ihnen ein Geschäft vorgeschlagen und sicher gut bezahlt. Also war es nur logisch, dass sie für ihn arbeiteten. Doch die Zwerge schienen sich nicht so sicher zu sein, dass sie die Götter davonkommen lassen würden, außerdem wussten sie nichts vom Tod des Zauberers und sicher fürchteten sie seine Rache mehr als die Waffen der Götter. Denn er war ein mächtiges Wesen der Dunkelheit gewesen. Deshalb brach die Stille und die Zwerge griffen wie im Chor nach dem, was vor ihnen lag und warfen es nach den Göttern. Dann zogen sie ihre Äxte und formierten sich.

Die Götter wehrten die Geschosse mit Leichtigkeit ab. Dann trat Freyr vor und hob seine Hand. Tatsächlich hielten die Zwerge an und sahen sich an. Er begann mit seiner sanften, wanischen Zunge den Zwergen zu erklären, dass der dunkle Zauberer getötet worden war und sie nicht weiter für ihn kämpfen mussten. Als er fertig war, sahen sich die

Zwerge verwundert an. Dann begannen sie zu lachen. Der Zwerg mit den größten Muskeln rief, dass der dunkle Zauberer der Tod selbst sei und niemand ihn töten konnte und er immer zurückkehren würde. Dann brüllte er ihnen seinen Kriegsschrei entgegen und rannte los.

Die anderen Zwerge schlossen sich ihm augenblicklich an. Freyr trat zurück in ihre Formation und sie bereiteten sich auf den Aufprall vor. Die Zwerge waren überraschend gut im Kampf erprobt. Sie griffen an. Die Götter wehrten es ab und antworteten mit guten Paraden. Diese wiederum parierten die Zwerge mit Bravour. Mehrere Runden ging es so. Zwar hackten sie einem Zwerg den Arm ab und einem Zweiten stachen sie das Auge aus. Zugleich schafften es die kleinen Krieger, eine ihrer Äxte in den Oberschenkel Hödrs zu versenken und Baldurs Schild zu zertrümmern.

Freyr fluchte genervt. Er war nicht bereit, sich von einer Schar Zwerge von seiner Mission abhalten zu lassen. Kaum dass ihre beiden Gruppen wieder aufeinanderprallten, schlug er einem Zwerg mit großer Wucht in die Schulter. Der schrie vor Schmerzen. Freyr hatte bewusst die Seite des Waffenarms gewählt, so dass er seine Streitaxt fallen ließ. Diese schnappte sich der Wane sofort. Der erste Teil seines Plans war geschafft.

Sie zogen sich einige Schritte zurück, was die Zwerge irritierte. Auch sie festigten ihre Formation für den nächsten Angriff und waren noch mehr verwundert, als Freyr sein Schwert in die Luft warf. Sein Schwert war magisch. Es hatte die Macht, allein zu kämpfen und machte ihn zu einem unbesiegbaren Gegner. Die Zwerge ignorierten es erst und wandten sich wieder ihren göttlichen Gegnern zu. Doch als das Schwert herabsauste und den Zwerg mit den größten

Muskeln durchbohrte, hatte das Schwert ihre volle Aufmerksamkeit gewonnen.

Doch was die Zwerge auch versuchten, sie schafften es nicht, sich gegen das Schwert zu wehren. Es flog durch die Luft und griff blitzschnell an. Es scheuchte die Zwerge im Kreis hin und her und als Heimdall bemerkte, dass sich die Zwerge nur noch auf das Schwert fokussierten, verließ er ihre Formationen und hieb auf den ersten Zwerg ein, der ihm den Rücken zudrehte.

Der Zwerg brach blutig zusammen und die anderen Zwerge drehten sich zu Heimdall um, der sich wieder in die Formation zurückzog. Das nutzte das Schwert. Zuerst stach es dem Zwerg, der bereits ein Auge verloren hatte, das zweite Auge aus, dann spießte es einen weiteren Zwerg auf. Es erhob sich wieder in die Luft und die Zwerge richteten ihre Schilde so aus, dass sie das Schwert abwehren konnten. Diesmal waren es Baldur und Freyr, die den Moment nutzten. Blitzschnell brachen sie aus der Formation aus und streckten zwei weitere Zwerge nieder.

Die Zwerge stellten sich auf den Zweifrontenkrieg ein. Die einen deckten die Seite, wo die Götter standen, und die anderen wehrten die Angriffe des Schwertes ab. Für eine kurze Zeit funktionierte der Plan. Aber die Asen hatten verstanden, dass jetzt der Moment war, alles zu geben und so formierten sie einen Keil mit Heimdall an der Spitze und sie durchbrachen die Reihe der Zwerge. Zu Heimdalls Seiten, aber leicht hinter ihm, kamen Freyr und Baldur und sie schlugen zwei Zwerge blutig nieder. Freyja und Hödr folgten dem Beispiel ihrer Zwillingsgeschwister.

Das Schwert streckte zwei weitere nieder und in dem restlichen Knäuel Zwerge brach das Chaos aus. Sie gaben ihre Formation und damit ihre Stärke auf. Sie schützten sich nicht mehr gegenseitig und wurden zu einer leichten Beute. Das Schwert vollführte sein blutiges Handwerk und die Götter erledigten den Rest. Dann lagen alle Zwerge tot am Boden und der Boden tränkte sich rot von ihrem Blut.

Sie hatten Zeit verloren. Sowohl Heimdall als auch Hödr hockten sich hin und lauschten ganz genau. Dann besprachen sie sich. Sie waren beide zu demselben Ergebnis gekommen. Heimdall nickte einmal und alle verstanden. Dann rannten sie los. Sie liefen durch lange dunkle Flure, vorbei an leeren Kammern. Dann kamen sie in eine Halle. Heimdall hockte sich hin und klopfte auf den Boden. Dann drehte er sich zu Freyja und nickte. Sie verstand.

Freyjas Zauberkraft war der ihres Bruders weit überlegen, aber wenn sie ihre Kräfte verbanden, konnten sie eine Macht freisetzen, die ihnen einzeln nicht möglich war. Während Baldur und Hödr die beiden Ausgänge sicherten, stellten sich die Wanen gegenüber und hoben die Hände. Freyja begann einen alten Seidrspruch zu murmeln. Ihr Bruder wiederholte ihre Worte.

Im Raum breitete sich eine unsichtbare Energie aus. Heimdalls Nackenhaare stellten sich auf. Dann begannen die Wände zu zittern. Freyr und seine Schwester murmelten den Spruch immer wieder und mit jedem Mal pulsierte die Energie mehr. Langsam rieselte der erste Staub von der Decke. Baldur blickte verunsichert zu den Wanen. Er verstand das Wesen der Magie und spürte die enorme Gewalt ihrer magischen Kräfte.

Während die wanischen Zwillinge ihre Magie webten, ging unten die Schlacht weiter. Kurz nachdem Heimdall mit den Zwillingen losgezogen war, hatte das Burgtor unter dem

Ansturm der Riesen nachgegeben. Zuerst waren nur einige der gigantischen Monster durchs Tor gekommen. Die Asen hatten sie niedergestreckt, bis sie sich in Staub aufgelöst hatten. Doch dann drangen immer mehr in die Burg ein und Loki rief alle zum ersten strategischen Rückzug.

Sie drehten sich um und rannten bis zu einem Punkt, den Frigg ausgekundschaftet und als besten Ort für einen Kampf gegen eine Übermacht ausgewählt hatte. Es war ein Raum am Ende eines langen schmalen Flurs. Durch den konnten nur wenige Riesen gleichzeitig laufen und so konnten sie einen nach dem anderen niederstrecken, bis der Großteil der Horde im Burginneren war.

Als sie ihre Position erreicht hatten, übernahmen Thor und seine Söhne die Spitze ihrer Formation. Kaum dass sie sich aufgestellt hatten, kamen die ersten Riesen angerannt. Thor warf dem ersten Riesen seinen Hammer gegen den Schädel. Der knickte ab und der Riese löste sich auf. Seine Söhne nahmen sich zu zweit den nächsten vor. Auch die anderen beteiligten sich.

Sie blieben so lange, bis sie das Gefühl hatten, dass es so viele Riesen waren, dass sie sich durch den Gang quetschen mussten, weil sie zu viele waren. Loki rief zum zweiten Rückzug. Diesmal würden alle außer Thor und ihm sehr schnell in die Katakombe laufen und die Riesen dort erwarten. Loki und Thor würden ein bisschen langsamer laufen, damit sichergestellt war, dass die Riesen den richtigen Weg wählten.

Es klappte. Als Thor und Loki durch den Torbogen kamen, hinter dem das Gewölbe mit dem Lavafluss lag, folgten ihnen die Riesen wie hungrige Katzen einer Maus. Ihr weiterer Plan war anspruchsvoll. Im Grunde ging es nicht darum, die Riesen zu töten, sondern sie so weit wie möglich ins Innere der Katakombe zu treiben und trotzdem noch einen Fluchtweg offenzulassen.

Heimdall lag auf dem Boden und lauschte. Er hörte genau, wie viele Riesen trampelten und wo sie waren. Er rief den wanischen Zwillingen zu, das magische Feld noch nicht explodieren zu lassen. Die beiden hielten es aufrecht, aber nur so, dass die Steine zitterten, aber weiterhin stabil blieben. Der richtige Zeitpunkt war das Geheimnis ihres Plans. Mit seinen göttlichen Ohren hörte Heimdall, wie Loki den anderen Asen etwas zurief. Er wies sie an, sich zu verteilen. Denn die Zeit des Kampfes war vorbei. Es ging nur noch darum, so viele wie möglich in die Katakombe zu locken.

Sofort schwärmten alle aus. Magni stürmte mit seinem Bruder vor und lenkte die Aufmerksamkeit der ersten Riesen auf sich. Diese brüllten und sprinteten los, um die kleinen Götter zu zerquetschen. Statt dem Angriff standzuhalten oder zu parieren, sprangen die Söhne Thors zur Seite. Sie rannten ein bisschen vor den Riesen weg. Dann suchten sie sich ein paar große Steine, die sich als Geschosse eigneten und warfen sie den Riesen gegen den Kopf. Diese rieben sich die Schädel und antworteten mit noch mehr Gebrüll.

Das Gewölbe füllte sich. Es war ein Meer aus dunklen, schwarzen Körpern. Die Asen hatten diesen Teil des Plans geschafft. Jetzt mussten sie nur noch aus dem Gewölbe fliehen und den Eingang hinter sich unpassierbar machen, damit keiner der Riesen fliehen konnte. Um das zu schaffen, formierten sie sich wieder zu einem Keil.

Thor bildete die Spitze des Keils, der mehr die Form eines Drachenvierecks hatte, zusammen mit seinen beiden Söhnen, die ihn flankierten. Tyr bildete das Ende. Er war ein extrem starker und schneller Gott und ihre Rückseite würde während ihres Durchbruchs die schwächste Stelle sein. Zeit, sich innerlich auf den Durchmarsch durch die Horde vorzubereiten, blieb ihnen nicht. Die ersten Riesen griffen sie bereits an.

Thor brüllte wie ein Löwe. Tyr antwortete mit archaischem Wolfsgeheul. Auch die anderen jaulten, brüllten und schrien. Sie brachten sich in Rage, um ihre innersten Reserven zu aktivieren. Dann trabte Thor wie ein großes Schlachtross los. Er stieß den ersten Riesen zurück und schlug auf den Zweiten ein. Sein Sohn Modi kümmerte sich um den Ersten und Magni wehrte den Hieb eines anderen Riesen ab, der seinem Vater gegolten hatte.

Sie drangen wie die scharfe Seite einer Axt in das Holz ein. Vor ihnen teilte sich das Meer schwarzer Riesen. Sie waren ein eingespieltes Team. Anders war diese Aufgabe nicht zu bewältigen. Sie deckten sich die Schultern, so dass kein Riese sie treffen konnte. Dann verstärkten sie ihre Angriffe. Traf eine ihrer Attacken, aber zerschlug den Riesen nicht sofort zu Staub, dann hieb ein anderer Gott sofort hinterher, um das Ungetüm zu vernichten.

Sie hatten sich bis zur Treppe vorgekämpft, die in den dunklen Tunnel mit der Wendeltreppe hinaufführte. Thor zog sich in die Mitte ihrer Formation zurück. Mehrmals schleuderte er seinen Hammer nach oben. Er traf die Tropfsteine, die dort hingen, und sie brachen ab. Mehrere Riesen wurden von dem Gestein begraben. Aber das war nicht der Grund, weshalb er das getan hatte. Thor wollte eine erste Barriere errichten, die die Riesen abhielt, das heiße Gewölbe zu verlassen.

Ein kleiner Steinberg türmte sich vor ihnen auf. Dann formten die Asen eine Phalanx. Thor schlug derweil auf die Treppe ein, die zur Wendeltreppe führte. Sie war höher als zwei Riesen, die übereinander standen. Er zerstörte sie noch nicht, denn sie mussten erst fliehen. Aber er machte das Gestein porös, damit er es später mit wenigen Schlägen zerstören konnte.

Ein scharfer Pfiff aus Thors Mund und alle Asen wussten, was zu tun war. Frigg, Sigyn, Modi und Magni rannten zuerst nach oben. Thor und die beiden anderen Götter hieben noch ein halbes Dutzend Riesen nieder. Dann rannten sie auch die Treppe hoch. Oben angekommen, stellte sich Thor breitbeinig hin. Er hob seinen heiligen Hammer über den Kopf. Dann ließ er ihn mit voller Wucht auf den Stein der Treppe knallen. Die Erschütterung war gewaltig und sie schickte eine Welle durchs Gestein, das es zerbrach. Die zwei Riesen, die bereits auf der Treppe gewesen waren, fielen nach unten.

Außer Loki und Thor traten alle den Rückzug an. Nur die beiden blieben. Zuerst zertrümmerten sie den Torbogen, hinter dem die Wendeltreppe begann. Sie legten alles in Schutt und Asche, dass selbst, falls es ein Riese schaffte, ohne Treppe hochzukommen, er dann den Gang nicht passieren konnte. Als sie fertig waren, schrien sie zusammen Heimdalls Namen.

Der neunmüttrige Gott mit den göttlichen Ohren lächelte, als er seinen Namen hörte. Er sah zu Freyja und nickte. Sie wies alle an, zu fliehen. Dann webte sie mit ihrem Bruder einen weiteren Spruch. Er würde die Magie für einige Zeit kanalisieren. Sobald dessen Wirkung aufgebraucht war,

116

würde sich eine magische Explosion ausbreiten und das Dach des Gewölbes zerstören.

Sie rannten so schnell, wie sie konnten. Magie war eine chaotische Angelegenheit. Egal, wie gut und mächtig ein Zauber war, es gab immer einen Grad an Chaos, der alle Regeln außer Kraft setzen konnte. Als Freyr mit seiner Schwester die Halle erreichte, kamen auch gerade Thor und Loki den langen Flur entlang gerannt. Einzelne Riesen schwirrten noch durch die Flure. Statt sie zu bekämpfen, schlitterten sie durch deren Füße oder rollten sich an ihnen vorbei.

Endlich erreichten sie alle die kleine Anhöhe vor der Burg. Sie blickten zurück. Die Magie war bereits zu spüren und es wirkte, als ob die Luft elektrifiziert wäre. Dann implodierte das Kraftfeld und eine Druckwelle reiner Energie breitete sich aus. Es riss auch die Götter von den Beinen und sie landeten auf dem Boden. Als sie sich wieder erhoben hatten, konnten sie mit ansehen, wie die Burg zu schwanken begann. Dann krachte der erste Turm einfach nach unten, als würde er in ein unsichtbares Loch fallen. Ihm folgte der rechte Teil des Dachs und dann die große Seitenmauer.

Nach und nach stürzte ein Teil nach dem anderen in die Tiefe. Zugleich stiegen heiße Dämpfe auf. Vereinzelt hörten sie das Brüllen der Riesen. Sie klangen nicht sehr erfreut. Aber es hielt nicht lange und nach einiger Zeit kehrte eine gespenstische Stille ein. Dort, wo zuvor die Burg gestanden hatte, klaffte ein tiefes Loch. Es standen noch Reste der Außenmauer, aber vom Inneren der Burg war nichts mehr zu sehen.

Tyr und Heimdall zogen los, um die Trümmer zu untersuchen. Sie mussten sicherstellen, dass kein Riese überlebt hatte. Die anderen zogen ins Lager der Riesen, um dort nach überlebenden Riesen zu suchen. Tyr und Heimdall konnten sich vom Erfolg von Lokis Plan überzeugen. In dem tiefen Loch war kein Riese zu sehen. Unten hatte die Lava die Kontrolle übernommen. Wegen der Trümmer war der Lavafluss übers Ufer gestiegen. Er schmolz alles Gestein ein, so dass nichts übrig bleiben würde.

Als die beiden ins Lager der Riesen rannten, konnten sie mit ansehen, wie sich ihre Freunde einen Spaß bei der Vernichtung von knapp zwanzig Riesen machten, die wohl während des Kampfes im Lager geblieben waren. Der Kampf dauerte nicht lange. Sie hatten jetzt so viel Erfahrung mit diesen Gegnern, dass sie sie mit Leichtigkeit zu Staub verwandeln konnten.

Zufrieden sahen sie sich ihr Werk an. Midgard war gerettet. Nur Antworten hatten sie nicht bekommen. Weder wussten sie, wie der Zauberer die Siegel gebrochen hatte, noch ob er auch die Siegel Asgards hätte brechen können. Dennoch hatten sie ihn besiegt. Nur Heimdall konnte sich nicht entspannen. Er war der Wächter Asgards und das, was die Zwerge gesagt hatten, ließ ihm keine Ruhe.

Odins Tod

Odin suchte die ganze Valhalla ab. Aber auch hier war kein Zeichen von ihr. Zuvor hatte er schon seine beiden Paläste auf den Kopf gestellt, ohne das geringste Lebenszeichen von ihr zu finden. Langsam fiel seine Laune ins Bodenlose. Viele nannten ihn den Wüterich und während er weiter nach ihr suchte, begann er Möbel umzuschmeißen und Dinge, wie Schwerter und Wandteppiche, von den Wänden zu reißen. Als er nach ewiger Suche immer noch nichts fand, schrie er.

Sein Schrei zerriss ihn innerlich. Er war mittlerweile ein reifer Gott und in die Jahre gekommen. Die Zeit, in der er wild um sich schlug, tobte und mit allem und jedem den Kampf suchte, war eigentlich vorbei. Deshalb musste es etwas Ernstes sein, was ihn verzweifeln ließ.

Ein wildes Knäuel aus Leuten begann ihn zu umringen. Da waren Einherjer und Walküren. Da waren Zwerge und asische Götter. Selbst Tyr kam, um nach seinem alten Weggefährten zu sehen. "Odin", fragte er, "was zürnst und wütest du so?" "Sie ist verschwunden", antwortete er und fiel wimmernd auf die Knie. Die Leute sahen sich verwirrt an. Doch dann wurde den Ersten bewusst, um wen es sich handeln musste. Es gab nur ein Wesen, an dem Odins ganzes Herz hing. Nur ihr hatte er sich ganz verschrieben, auch wenn er manchmal in fremden Gewässern fischte.

Es war Freyja, die aus der Masse heraus schließlich fragte: "Wo ist Frigg?" Ein Stöhnen ging durch die Leute. Immer mehr strömten zu ihnen und Freyjas Frage hatte ein Gemurmel in Gang gesetzt, das langsam anschwoll. Es blieb nicht bei leisem Gemurmel. Denn Frigg die Gottmutter war keine unbedeutende Göttin. Sie war mehr als die Herrin des

Hauses oder die Frau des Allvaters. Sie war das Herz und die gute Seele Asgards.

Zweifelsfrei war sie auch eine herausragende Kämpferin. In ihren jungen Jahren, als Sturm und Drang sie in die Welten Yggdrasils getrieben hatte, um Abenteuer zu suchen, hatte sie sich nicht nur ausgetobt. Sie hatte auch die Fähigkeit höchster Tapferkeit und die Reife des goldenen Herzens erlangt.

Falls Asgard eine Seele hatte, dann war das Frigg. Nicht nur, dass sie sich immer Zeit für die anderen Götter nahm, sie konnte auch in den anderen lesen, wenn Kummer ihr Herz gefangen hielt. Dann kochte sie ein feines Hexensüppchen und lieh dem anderen ihr Ohr. Auch wenn eine der heiligen Walküren Probleme hatte, im Training besser zu werden, zog sie sich den goldenen Harnisch ihrer Jugend an und übte so lange mit der heiligen Beschützerin Asgards, bis diese ein neues und höheres Kampflevel erreicht hatte. Obwohl sie in Asgard waren, erlebte jeder von ihnen Kummer und Sorgen und so war es, dass Frigg ausnahmslos jedem schon geholfen hatte, selbst den stolzen, langbärtigen Zwergfrauen, die in der Valhalla den Met brauten und das Essen für die Einherjer zubereiteten. Ohne sie war Asgard moralisch verloren und ein Heer ohne Moral war schlimmer als ein Heer ohne Ausrüstung.

Langsam verstummte das Gemurmel. Alle starrten Odin an, selbst jene, die ihm eben noch auf die Schulter geklopft hatten, um ihn zu trösten, traten einen Schritt zurück. Er war der Allvater. Er war der erste Gott Asgards und ihr tapferster Krieger. Es war seine Aufgabe, die Probleme zu lösen, die Asgard bedrohten. Es dauerte einen Moment, ehe Odin bemerkte, dass es mucksmäuschenstill geworden war. Dann erhob er seinen Blick. Stechende Augen brannten auf seiner Haut. Die Bewohner Asgards teilten ihm ihre Erwartungen mit, ohne ein Wort zu sagen. Er atmete tief ein. Trotz seines blutenden Herzens musste er sich zusammenreißen. Er war der Allvater. Er war ein Symbol und er durfte alle, die an ihn glaubten, nicht enttäuschen.

Zuerst stellte er sein Knie aufrecht hin. Danach stützte er sich mit der Hand ab, um auf die Beine zu kommen. Als Nächstes schluckte er seinen Kummer runter und riss das Gefühl der Angst, sein geliebtes Weib verloren zu haben, mit allen Wurzeln aus. Zwar war sie verschwunden, aber das hieß nicht, dass er sie nicht wiederfinden konnte. Zum Schluss schärfte er seinen Blick und sah dem Volk Asgards aufrecht ins Gesicht. Dann drehte er sich um, lief bis zur großen Halle und setzte sich auf seinen Thron, der bei den Nordischen Hlidskjalf genannt wurde und von dem er über die Welten Yggdrasils sehen konnte.

Lange spähte er durch die Welten auf der Suche nach einer Spur und lange war kein Laut in der Thronhalle zu hören, während er mit seinem göttlichen Auge die Welten absuchte. Auf einmal erschallte das Geräusch schwerer Stiefel, die selbstbewusst durch die Halle schritten. Odin öffnete sein Auge. Kurz schluckte er.

Mit gehobenem stolzen Kopf näherte sich Freyr der Wanengott. Er und seine Schwester waren seit dem großen Krieg zwischen ihren Sippen nach Asgard gezogen, um den Frieden zu schmieden. Ihn zu sehen, gefiel Odin nicht. Denn es hieß, er würde vor dem Wanen schwach aussehen. Breitbeinig stoppte der Wane und starrte Odin an. Ihre Blicke trafen sich. Spannung entstand und die ersten Blitze zuckten durch die Halle. Schließlich fragte der Wane, was

Odin tun wollte, um das Problem zu lösen? Schweigen folgte.

Es vergingen Augenblicke und die beiden starrten sich intensiv an. Es war nicht so, dass Odin nicht antworten wollte. Er wusste einfach nicht wie. Mit seinem göttlichen Auge hatte er in allen Welten gesucht. Auch seine Raben Hugin und Munin und seine Wölfe Geri und Freki hatte er auf die Suche geschickt, aber es könnte Tage, wenn nicht Wochen dauern, bis sie mit einer Antwort zurückkommen würden.

Der Wane scharrte mit seinen schweren Stiefeln. Odin wusste nicht, ob es ein Signal der Ungeduld oder des Angriffs war. Trotzdem Freyr und seine Schwester seit langer Zeit in Asgard waren, gelang es ihm noch immer nicht, die mysteriösen Wanen einzuschätzen. Normalerweise war das seine Stärke. Sein letztes Auge war magisch geschärft, wodurch es ihm möglich war, tief in sein Gegenüber hineinzuschauen. Nur bei den Wanen konnte er nichts erkennen. Die Macht ihrer Magie war der seinen weit überlegen.

Aber all das hatte keine Bedeutung mehr. Frigg war verschwunden und damit drohte die Ordnung in Asgard wie ein Kartenhaus einzustürzen. Während Freyrs Blick stark und unbeugsam blieb, spürte Odin wie die Wunde in seinem Herzen stärker blutete. Schließlich senkte er seinen Blick. Er ertrug den Druck nicht mehr. Dann rutschte er von seinem Thron runter, bis er auf den Knien landete. Er stürzte nach vorne, bis er wie ein Hund auf dem Boden hockte. Er hob den ängstlichen Blick, dann flehte er den Wanen an, ihm zu helfen, Frigg zu finden.

Der Wane erschrak. Dann sah er Odin erst angewidert, dann ungläubig an. Wieder zog sich der Moment in die Länge. Der Allvater wartete und der Wane schwieg. Auf einmal drehte sich Freyr um. Mit schweren Schritten lief er auf die große Doppeltür zu, die aus dem Thronsaal führte. Odin sah ihm enttäuscht hinterher. Langsam ließ er den Kopf sinken. "Folge mir!", mit scharfem Befehlston hatte der Wane doch noch geantwortet, aber weder Odin eines Blickes gewürdigt, noch auf ihn gewartet.

Die Wut stieg in Odin auf. Doch sie verflog schnell wieder. Niemals durfte ein anderer ihm Befehle geben, aber dies war eine Situation, mit der er niemals gerechnet hatte. Er musste an jedem Strohhalm hochklettern, der sich ihm anbot, in der Hoffnung, dahinter ein Zeichen von Frigg zu finden. Also erhob er sich und nahm die Füße in die Wand.

Als er den Wanen eingeholt und an der Schulter gepackt hatte, um ihn zum Stehen zu bewegen; hatte sich dieser einfach losgerissen und war weiter gelaufen. Odin musste wieder seine Wut runterschlucken. Er war es nicht gewohnt, so behandelt zu werden. Dann folgte er dem Wanen, der bis zum Volksfeld Freyjas lief. Als er dort angekommen war, stellte er sich breitbeinig vor der freien Fläche auf. Als Nächstes hob er den Blick, atmete tief durch und dann holte er ein winzig kleines Schiff aus seiner Hosentasche.

Es war nicht irgendein Schiff. Es war das legendäre Schiff Skidbladnir. Ein Zwerg hatte es einst gefertigt, denn die Zwerge waren die geschicktesten Handwerker in allen Welten. Freyr warf es in die Luft. Es entfaltete sich in Windeseile. Wie ein gefaltetes Blatt Papier klappte es auf, bis es groß wie ein kleines Haus war. Als es fertig war, hielt es an und schwebte vor ihnen in der Luft.

Ohne länger zu zögern, betrat Freyr das Schiff. Odin folgte ihm über die Laufplanke. Trotz der langen Zeit die Freyr schon in Asgard war, hatte er das Schiff bisher nie betreten. Viele hatte er gesehen, die damit zusammen mit den beiden Wanen in Abenteuer gestochen waren. Aber er selbst hatte immer etwas Distanz zu den Zwillingen gewahrt, nach der Geschichte, die zwischen den beiden Göttergeschlechtern lag. Er lief über das Deck des Schiffes und stellte sich an die Reling. Das Schiff bewegte sich, als ob es vom Wind geschaukelt wurde. Der Ausblick über sein geliebtes Asgard war herrlich, wäre da nicht die dunkle Wolke, die über allem schwebte. Mit einem Ruck drehte er sich um und sah dem Wanengott direkt ins Gesicht. Der schien nur auf sein Kommando gewartet zu haben.

Einen Augenblick später hob das Schiff ab. Odin liebte es, mit den wilden Kriegern des Nordens und den mutigen Schildmaiden Midgards zu segeln. Oft waren sie mitten auf dem Meer von einem Sturm überrascht worden und er hatte jeden Moment genossen, da das Schiff die Wellenberge erklommen hatte und dann unter dem freudigen Geschrei im Angesicht des Todes wieder hinabgeglitten war.

Freyrs Schiff unter seinen Füßen fühlte sich anders an als die Schiffe der Nordmänner. Es bewegte sich schräg nach oben. Der Allvater überblickte sein Asgard. Am Horizont tauchte die heilige Valhalla auf und er wusste, dass sie in diesem Moment voll sein musste von Einherjern, die sich betranken und ihre Heldengeschichten erzählten.

Der Wane trat zu ihm an die Reling. Odin spürte die feurigen Augen Freyrs, die in die Ferne blickten. Er bewunderte ihn und seine Schwester, auch wenn er ihnen das nie zeigen würde. Der Mut der Wanen stand dem Mut der

Asen in nichts nach, obwohl ihre Welten so anders waren. Freyr fragte Odin, ob er bereit sei? Ohne ein Wort zu sagen, antwortete Odin mit einem kaum sichtbaren Kopfnicken. Freyr klopfte dem Allvater erneut auf die Schulter. Dann verschwand Asgard.

Zuerst war da Dunkelheit. Dann merkte Odin, dass eine Macht an ihm nagte. Der Allvater begriff, dass sie durch Ginnungagap flogen. Das erstaunte ihn. Es gab nahezu keine Macht, die Ginnungagap standhalten konnte. Alles, was sich der Leere näherte, verlor seine Wesenheit, denn es wurde an den Anfang vor dem Anfang zurückgezogen, der die Macht Ginnungagaps speiste. Doch Skidbladnir hielt stand, auch wenn es nicht ewig den Einfluss der Leere verhindern konnte, denn sie war mächtiger als alles in Yggdrasils Welten.

Freyr hatte Odins besorgten Blick bemerkt und schon einen Augenblick später verwandelte sich die Dunkelheit in brennendes Feuer. Odin wusste sofort, wo sie waren und griff instinktiv nach seinem Speer. Es war keinen Moment zu früh gewesen, denn kaum einen Augenblick später griff eine feurige Hand nach ihm. Mit Gungnir, seinem mächtigen Speer, durchbohrte er die Hand. Ein furchtbarer Schrei erklang. Dann erhob sich ein mächtiger Riese vor ihnen. Im nächsten Moment sah er, wie ein Schwert an ihm vorbeiflog. Es steuerte die Stirn des Riesen an und bohrte sich mit höllischer Geschwindigkeit in ihr Ziel. Augenblicklich erschlaffte der feurige Körper und stürzte in die Tiefe.

Odin sah dem Feuerriesen hinterher. Plötzlich tauchte Freyrs Schwert vor ihm auf und erst da realisierte er, wir ein großer Feuerball auf ihn zu raste. Es war der Kummer, der seine Sinne vernebelt hatte, denn so etwas wäre ihm sonst nie passiert. Aber Freyrs Schwert tat ihren Dienst und zerstörte mit seiner magischen Macht den Feuerball. Odin wollte seinem Schwertbruder gerade danken, aber da folgten schon die nächsten Attacken. Diesmal war Odin vorbereitet und seine Instinkte reagierten, wie es sich für einen anständigen Krieger gehörte. Erst wehrte er den Hieb der feurigen Faust ab. Dann griff er sich eines der Seile, die vom Hauptmast herunterhingen. Mit wildem Blick sprang er auf die Reling. Odin brüllte wie ein Löwe.

Tatsächlich hielten für einen Moment die feurigen Monster inne, die sich in Scharen dem fliegenden Schiff näherten. Aber weder konnte ein Gott Asgards seiner Natur entkommen, noch die feurigen Riesen Muspellheims. Obwohl nach dem Schrei jeder wusste, dass Odin der Allvater ihr Gegner war und somit einer der besten Kriegsgötter. Die Feurigen lösten sich aus ihrer Starre. Odin lachte wild und stieß Gungnir in die Brust des ersten Giganten. Als er sich sicher war, dass sein Speer sein tödliches Handwerk vollführt hatte, zog er ihn raus, wehrte die nächste Pranke ab und versenkte seinen Speer in der nächsten Brust. Dann schwang das Seil zurück zur Reling. Odin lachte wie ein Wilder.

Freyr trat neben ihn. Lachend sagte er zum Allvater, dass es genug war mit der Spielerei. Die Feuerwelt verschwand. Dafür öffnete sich eine weiße, weite Steppe. Etwas kaltes kitzelte Odins Nasenspitze. Leichter Schneefall malte weiter an der Schneelandschaft. Odin warf Freyr einen fragenden Blick zu. Der blieb ihm eine Antwort schuldig. Dafür kletterte auf die Reling und sprang dann runter. Odin zögerte nicht und folgte ihm, sodass er nur einen Augenblick später im Schnee landete. Freyr hob seine Hand und in Windeseile faltete sich sein Schiff wie ein Blatt zusammen.

Er steckte es in einen kleinen Beutel an seinem Gürtel und marschierte wortlos los.

Das Land war weit. Odin überlegte, wo er war. Er konnte nicht sagen, ob er im Norden Midgards oder im Albenreich, dem Geschenk Njords an seinen Sohn Freyr, war. Alles wirkte genauso wie auf der Erde in den weiten Ebenen des Nordlandes. Aber es gab etwas, das nicht passte. Denn in Midgard war die Magie schwach, weil uralte Bannsiegel sie zügelten, um den Missbrauch durch die Menschen zu verhindern. Doch hier konnte er das Netz der Magie ganz klar spüren.

Freyr marschierte voraus. Seine Schritte sanken tief in den Schnee, aber er war ein kräftiger Gott. Mit großen Schritten stapfte er voraus, mit Odin an seinen Versen. Sie liefen lange. Odin fragte sich, warum sie das Wegstück nicht mit dem Schiff zurückgelegt hatten, aber er verkniff es sich, laut zu fragen, denn so eine Frage hätte ihn schwach aussehen lassen. Das Ärgernis war nur, dass sie so wertvolle Zeit bei der Suche nach Frigg verloren. Während er in seine Gedanken versunken war, bemerkte er nicht, wie sie sich einem dunklen Wald näherten.

Die Kiefern wuchsen hoch in den Himmel. Die Baumkronen waren mit Schnee bedeckt. Odin gefiel der Anblick und er erinnerte sich an die Spaziergänge mit Frigg im hohen Norden Midgards. Er war wieder so versunken in seine Gedanken, dass er die Pfeile nicht kommen sah. Erst das Schwert Freyrs, das sich selbstständig in die Luft erhoben und die Pfeile abgewehrt hatte, rettete ihn vor bösen Wunden. Auch wenn das Schwert ihn vor den Pfeilen gerettet hatte, so schützte es ihn nicht vor der schallenden Ohrfeige, die Freyr ihm gab. Der Wanengott musste nicht erklären, warum der Allvater diese Rüge verdient hatte. Sie waren beide Krieger und schwachsinniges Gefühlsgedussel hatte im Kampf nichts verloren.

Im nächsten Augenblick flogen riesige Steine durch die Luft. Die beiden wichen den ersten Geschossen aus. Aber die nächsten folgten bereits und sie waren verdammt schnell. Mit wilden Hechtsprüngen und Rollen schafften sie es, den ersten vier Salven auszuweichen. Dann rannte Freyr mit einem lauten Kriegsschrei los. Odin brauchte diesmal keine Sekunde, um sich seinem Waffenbruder anzuschließen. Mit schnellen Schritten näherten sie sich dem Wald. Weitere Steine flogen ihnen entgegen. Odin wich allen gekonnt aus. Nur Freyr schien dem Spiel überdrüssig zu sein. Er hieb mit seinem Schwert nach den Geschossen. Eigentlich kämpfte das Schwert allein. Aber in der Hand des Gottes wurde es noch mächtiger. So spaltete der Wane die Steine in der Luft, als ob sie Melonen wären.

Sie hatten die Bäume fast erreicht. Noch konnte Odin keine Angreifer ausmachen. Plötzlich erklang ein Horn und im selben Augenblick traten fast fünfzig Bewaffnete aus den Schatten. Odin fragte sich nicht nur, wie sie es geschafft hatten, sich so gut zu verstecken. Er war auch fasziniert von der Schönheit ihrer Gegner. Auf ihrer Haut brachen sich die schwachen Strahlen der Wintersonne und erzeugten funkelndes Glitzern.

Wieder war er für einen Moment geblendet. Sein Blick war an der glitzernden Haut einer der Kriegerinnen hängen geblieben, die außer ihrer leichten Rüstung nicht viel mehr trug. Eine Steinaxt traf ihn am Kopf. Mit uriger Wucht wurde er nach hinten geschleudert. Außer dem Fluchen

Freyrs, der genervt seinen Namen rief, war er für einen Moment paralysiert.

Plötzlich ging es ganz schnell. Im letzten Moment konnte er die Beine hochreißen, um den Sprung des Angreifers abzuwehren, der aus dem Nichts aufgetaucht war. Er traf ihn im Bauch und konnte ihn zurückstoßen. Aber ihm blieb keine Zeit zum Verschnaufen. Der lange Stab eines Speers knallte seitlich auf seinen Bauch. Odin hustete. Als ob das nicht genug war, griff auch die hübsche Angreiferin an, die ihn eben noch abgelenkt hatte. Von Nahen sah sie noch verführerischer aus, dachte Odin, während ihre Faust brutal seine Nase traf. Der Allvater stöhnte und holte aus. Aber als er zuschlagen wollte, trat plötzlich ein Fuß gegen seine Hand. Aus dem Augenwinkel sah er einen Krieger. Dieser zögerte nicht länger und trat ihm direkt ins Gesicht. Die Faust der schönen Kriegerin folgte und traf ihn, zugleich spürte er, wie seine andere freie Hand von etwas Schwerem getroffen wurde.

Ein weiterer Krieger war aufgetaucht. Mit seinem Fuß schien er Odins Schildhand zertrümmern zu wollen. Es folgte ein Hagel aus Schlägen und Tritten. Odin hörte die Glocken bimmeln. Jeder Versuch, die Schönheit abzuschütteln, misslang. Sie hatte sich festgeklemmt und schlug ihm unentwegt ins Gesicht. Plötzlich drang ein schallendes Lachen durch die Geräusche der Schläge und Tritte und im nächsten Moment hörten die Angriffe auf. Sogar die Schönheit erhob sich. Er wusste nicht, was vor sich ging. Dann reichte ihm jemand eine Hand, um ihm aufzuhelfen.

Er ergriff die Hand und war geschockt. Denn es war Freyr und er sah völlig unversehrt aus. Zu allem Überfluss waren sie noch immer von den schönen Angreifern umzingelt. Doch zu Odins Überraschung hatten sie ihre Speere gesenkt und ihre Schwerter in die Scheiden gesteckt. Der Allvater blickte sich argwöhnisch um. Dann ergriff Freyr das Wort.

Er stellte die Angreifer als seine Leute vor. Sie hatten sie nur getestet. Odin schnaubte, wurde aber handzahm, als die schöne Kämpferin äußerte, wie enttäuscht sie vom Kampfeswillen des legendären Allvaters war. Odin verkniff sich jeden Kommentar. Denn er hatte seinem Namen keine Ehre gemacht. Freyr führte sie in den Wald. Es waren hohe Nadelbäume. Sie reichten wie Giganten in die Höhe. Der Schnee malte den Boden weiß und sie stapften mit leisen Schritten. Odin lief in der Mitte der Kolonne. Er nutzte die Zeit, sich seine ehemaligen Gegner anzugucken. Von Nahem gab es keinen Zweifel mehr daran, dass das Licht auf ihrer Haut ein magisches Spiel trieb. Das ließ sie funkeln und damit war Odin klar, wo er war und es war nicht Midgard.

Plötzlich kitzelte Rauch seine Nase. Es musste ein kleines Feuer mit edlen Hölzern sein. Odin hatte an vielen Feuern gesessen. Er wusste, wie verschieden sie riechen konnten und in diesem Feuer brannte etwas Besonderes. Dann tauchten Leitern auf, die von den Bäumen hingen. Auf den ersten Blick entdeckte Odin nichts, als er sich die Baumkronen ansah. Doch dann fiel ihm ein Krieger auf, der sich im hohen Geäst verborgen hielt. Einen Augenblick später entdeckte er den nächsten.

Nach und nach verschwand der Großteil der Meute. Sie kletterten die Leitern und Stämme hoch und verschwanden in den Baumkronen. Es blieben nur drei zurück. Eine davon war die schöne Kämpferin, die ihm so oft ins Gesicht geschlagen hatte. Gelegentlich trafen sich ihre Blicke und

Odin erkannte den Hauch der Verachtung wegen seiner Schwäche im Kampf.

Eine Rauchsäule schälte sich in den baumgesäumten Winterhimmel. Dann drang der Klang einer Trommel an Odins Ohr. Sie liefen weiter und langsam erkannte er die Szene. Die Rauchsäule gehörte zu einem kleinen, knisternden Feuer. Eine Gestalt in einem pechschwarzen Gewand bewegte sich langsam tanzend um die Feuerstelle. In ihrer Hand hielt sie eine runde Handtrommel und einen Schlegel. Nachdem sie sich weiter genähert hatten, hörte er, wie sie alte magische Silben in den Himmel rief. Die Stimme gehörte zu einer alten Frau, so viel war sich Odin sicher, auch wenn er ihr Gesicht noch nicht sehen konnte. Es war eine alte Stimme. Macht und die Erfahrung vieler Schmerzen schwebten in den Silben mit.

Die Alte hörte nicht auf, als sie sich genähert hatten. Freyr flüsterte ihm zu, dass sie die Völva des Waldes war und die Beste, die er kannte. Odin kannte viele Völvas. Sie verbargen sich in den tiefen Wäldern des Nordens oder lebten in Höhlen in den großen Grenzgebirgen. Einige lebten in den Städten und nutzten ihre magische Gabe als Medizinfrauen, um zu heilen. Aber er kannte auch Freyr und sein Wort hatte Gewicht. Mit Ehrfurcht betrachtete er die dunkle Gestalt, die gerade ihre Arme weit öffnete und den Himmel anrief. Zum ersten Mal, seitdem sie diese Welt betreten hatten, hielt er es für möglich, dass ihre Reise keine Zeitverschwendung war. Die leichte Berührung der schönen Kämpferin riss ihn aus seinen Gedanken. Sie forderte ihn auf, zu folgen.

Sie näherten sich dem Feuer. Freyr nahm auf einem kleinen Holzsitz Platz. Odin folgte seinem Beispiel. Einer der schönen Krieger setzte sich ebenfalls. Die anderen beiden postierten sich breitbeinig hinter ihnen, rammten ihre Speere in den Boden und stützten sich daran, so als ob sie etwas bewachen würden. Odin wurde in diesem Moment bewusst, dass der eine der schönen Kämpfer, der sich hingesetzt hatte, ihr Anführer sein musste.

Harte Trommelschläge folgten. Nach einer weiteren harten Salve mit dem Schlegel hielt die Völva an und kramte aus ihrem Ärmel einige Kräuter, die sie ins Feuer warf. Daraufhin hob sie wieder den Schlegel. Harte Töne ließen die Luft zittern und der Rausch ihrer Stimme erzeugte das Gefühl einer Trance. Dann hörte sie ohne jede Ankündigung auf.

Das Dröhnen der Trommelschläge wirkte noch einige Momente nach. Dann war es still. Abgesehen von den üblichen Waldgeräuschen war nichts mehr zu hören, obwohl Odin wusste, dass sich in den Baumkronen mindestens fünfzig Kämpfer verbargen. Die Völva senkte langsam ihren Blick, der bis eben steil in den Himmel gerichtet war.

Die Kapuze verhüllte noch immer große Teile ihres Gesichts. Aber Odin erkannte, dass sie ihr Gesicht schwarz bemalt hatte. Anhand der feinen Züge ihres Kopfes, die er erahnen konnte, ging er davon aus, dass sie zu demselben Volk gehörte wie die Kämpfer in den Baumkronen. Der Blick der Völva schweifte ernst über ihre zwei Besucher. Odin spürte, wie sich ihre magischen Augen tief in sein Herz bohrten. Dann schweiften ihre Augen weiter zu Freyr.

In dem Moment, da sich der Blick des Wanen und der Völva trafen, klarte die dunkle Dame auf. Zuerst begann sie breit zu lächeln, dann kam sie zu ihnen rüber. Auch Freyr erhob sich und sie umarmten sich, wie zwei, die sich gut kannten, aber leider zu lange nicht gesehen hatten. Odin verfolgte das Schauspiel. Der schöne Kämpfer, der zu seiner Seite saß, erhob sich in demütiger Haltung. Er machte einen Schritt vorwärts, ging dann auf die Knie und senkte sein Haupt. Die Völva legte ihre Hand auf seine Stirn und murmelte einige alte Runenreime.

Der Krieger erhob sein Haupt. Schließlich wandte sich die Völva Odin zu. Augenblicklich spürte er den Sog ihres Blickes. Er wühlte sich tief in sein Wesen und ergründete Regionen, die Normalsterbliche niemals erreichen könnten. Schweigend hob sie nach einiger Zeit ihre Hände und formte ein magisches Zeichen. Mit dem Zeigefinger ihrer beiden Hände machte sie die Nauthiz-Rune. Odin sah sie an. Seine Augen wurden feucht und er nickte.

Die Völva nickte in Richtung der drei Kämpfer. Mit blitzschnellen Bewegungen verschwanden sie. Dann sah sie Freyr an und zeigte mit dem Finger in eine Richtung. Odin folgte dem Finger. Erst jetzt erkannte er die kleine Öffnung einer Höhle. Er vermutete, dass sie tief in den Untergrund führte und war sich auch sicher, dass sich dort ein Geflecht aus vielen verzweigten Tunneln befinden würde.

Freyr nickte in Odins Richtung. Dann lief Freyr gemütlich durch den Schnee bis zu der Öffnung. Einige Äste unter dem Schnee knackten, aber er wandte sich von Freyr ab. Die Augen der Völva klebten auf ihm. Als sie sich wieder seiner Aufmerksamkeit bewusst war, formte sie mit ihren Fingern erneut zwei Runen. Die erste war die mystische Rune Pertho. Odin war irritiert. Doch als die zweite Rune erschien, schluckte er wehmütig. Es war Othala. Keine Rune passte besser zu seiner Frigg, die die Göttin der Hauses war.

Als sie ihre Hände gesenkt hatte, blieben an der Stelle, wo sich ihre Finger befunden hatten, die Runen als helles Licht zurück. Einige Zeit glomm ihr Licht schwerelos in der Luft. Dann vibrierten sie kurz. Wie von magischer Hand geführt, verbanden sie sich zu einer Binderune. Odin starrte sie an und erschrak, als sich einen Augenblick später auch die Nauthiz-Rune wieder zeigte und sich ebenfalls in das Geflecht der Binderune einreihte.

Odin griff nach der Binderune. Sie war nur ein Abbild in der Luft. Er griff durch sie hindurch und doch spürte er die Macht, die von ihr ausging. Eine einzelne Rune war bereits enorm mächtig. Aber wenn sich mehrere Runen zu einer Binderune verbanden, dann steigerte sich ihre Macht ins Unermessliche. Er verharrte einen Moment bei dem Leuchten. Als die Binderune fast verschwunden war, hob er seinen Blick. Die Völva stand nicht mehr an ihrem Platz. Wieder war er so unaufmerksam gewesen, dass er es nicht bemerkt hatte. Unschlüssig sah er sich um. Zwischen zwei Baumstämmen sah er ihre schwarze Kapuze. Sie entfernte sich und im nächsten Moment war sie verschwunden.

Er lief los. Er hechtete über einen Baumstamm und trat den Schnee platt. Bald hatte er sie eingeholt. Denn ihre Schritte waren langsam und gesammelt. Er passte sich ihrem Tempo an. Sie liefen eine längere Strecke, bis sie die Grenze des Waldes erreichten. Der Schnee wurde tiefer und ihre Spuren länger. Hinter dem milchigen Himmel glänzte eine kalte Wintersonne. Nach einiger Zeit bemerkte Odin, wie sie sich einem Hügel näherten.

Große Steinmonolithen waren aufgebahrt. In der Mitte war ein Steinkreis und aus hellem Stein war ein Ritualtisch aufgestellt. Die Völva stellte sich in die Mitte des Hügels. Odin fühlte sich fehl am Platz und stellte sich zu ihrer Seite in den Schatten eines großen Steins. Die Völva schien ihn nicht zu registrieren. Mit festem Stand breitete sie ihre gestreckten Arme an der Seite aus. Es war die Bewegung eines Halbkreises und sie stoppte, als ihre Hände auf der Höhe ihrer Augen waren. Dann schrie sie.

Ihr Schrei erschütterte Odin bis ins Mark. Es klang wie das Kriegsgeheul einer wilden Furie. Nur, dass die Völva einen längeren Atem hatte. Während bei jedem Bewohner Midgards die Puste nach einiger Zeit ausgegangen wäre, hielt der schrille Gesang der Völva an und die Steine begannen zu vibrieren. Der schwere Steinklotz neben Odin wackelte so stark, dass er es auch im Boden spüren konnte. Plötzlich bemerkte er, wie auch die Schatten zu wackeln begannen und zwar nicht nur die der Steine, sondern auch sein eigener. Unschlüssig blickte er sich um und auf einmal blieb sein Blick auf der Scheibe der Wintersonne hängen. Auch sie vibrierte.

Die kleinen Schwünge der Sonnenscheibe wurden heftiger. Es wirkte surreal. Die runde Kugel am Himmel sprang auf und ab wie ein Flummi, der auf den Boden geworfen wurde. Plötzlich wurde es für einen Moment dunkel, weil die Sonne hinter den Rand des Horizonts gerutscht war. Doch schon im nächsten Moment war sie zurück und schnellte wieder nach oben, ehe sie wieder abtauchte und Dunkelheit zurückließ. Fünfmal sprang sie hinter den Horizont, bis sie aufhörte. Zugleich stoppte das wilde Kreischen der Völva und das Zittern der Erde.

Odin fühlte sich wie benommen von dem Geschaukel. In seinem Kopf drehte sich alles. Die Völva wurde derweil aktiv. Auf dem Opfertisch breitete sie mehrere Utensilien aus, die sie aus der Tasche in ihrem Mantel holte, die vorne in ihren Ärmel genäht worden war. Odin erkannte einen kleinen Ofen mit Kohlen. Just in diesem Augenblick entzündete sie ihn, indem sie einen magischen Feuerzauber webte. Oben konnte man einen eisernen Behälter auf den kleinen Ofen drauf stecken. In diesen Behälter füllte die Völva mehrere Kräuter und goss einen braunen Sud in die Schale des Ofens. Dann steckte sie den Behälter wieder auf den Ofen.

Es zischte und hell-weißer Rauch entstand. Die Steine luden sich elektrisch auf. Odin spürte, wie die Luft knisterte. Erste Blitze zuckten über seinen Kopf. Dann schlug der Erste knapp neben seinem Fuß ein. Die Sache war ihm nicht mehr geheuer, aber er biss die Zähne zusammen, solange sie so etwas über Friggs Aufenthaltsort herausfanden.

Die Völva begann, einen alten Spruch zu singen. Als sie fertig war, begann sie von vorne. Odin war klar, dass sie sich wieder voll reinsteigern würde. Er selbst entschied sich, diesmal mitzumachen. Nach einigen Runden hatte er die Silben drauf und schon stieg er in den Gesang mit ein. Die Blitze zuckten weiter. Der Erste traf ihn an der Schulter, aber er schluckte den Schmerz runter. Dafür konzentrierte er sich mehr auf die Worte der Völva.

Ihr Spruch war alt. Er enthielt nur wenige Silben, aber sie waren von einem mächtigen Zungenschlag, der schon in den ersten Tagen der Welten gesprochen worden war. In jeder Silbe lag mächtige Magie. Odin wurde klar, dass diese Völva sehr alt sein musste und sie nicht nur eine Meisterin der normalen Magie, sondern auch des heilige Seidr war.

Rund um die Völva zuckten die Blitze. Unter dem trüben Himmel leuchteten sie grell. Die Luft lud sich immer mehr elektrisch auf und der Wind blies heftiger. Auf einmal begann sich ein Wirbel vor der Völva zu bilden. Erst war es nur eine kleine Windhose, die um sich selbst wirbelte. Aber sie wurde größer und bald drehte sich mit irrem Tempo ein kleiner Tornado über dem steinernen Tisch.

Während die in Schwarz gehüllte Magierin bisher die Hände weit noch oben geöffnet hatte, senkte sie jetzt ihre Arme. Auch wurde aus ihrem lauten Rufen ein leises, gefährliches Flüstern. Sie hielt ihre Hände über den kleinen, wilden Wirbelsturm wie über ein Feuer, um sich daran zu wärmen. Zugleich wurden ihre Worte wieder energischer und schneller. Odin sah gebannt hin, doch als inmitten des kleinen Tornados ein leuchtender Lichtkegel entstand, war er überrascht.

Die Völva hob ihre Hände wieder. Im selben Tempo, wie sich ihre Arme weiteten, wurde der Lichtkegel größer. Auch ihre Stimme wurde lauter, aber nahm dieses Mal einen tiefen, bassigen Ton an, der Odin mehr an einen alten, bärtigen Krieger erinnerte. Dann bewegte sie ihre Handflächen und der Lichtkegel folgte ihrer Bewegung und wanderte weit über ihre Köpfe.

Ein lauter Knall ließ Odin aufschrecken. Er zog sein Schwert, doch der Dampf, der auf einmal aufgetaucht war, ließ ihn kaum die Hand vor Augen sehen. Nur langsam lichtete sich der Rauch. Zuerst erkannte er die schwarze Gestalt der Magierin. Dann tauchten die Umrisse des Tisches auf. Der Tornado war verschwunden und der Tisch stand einfach nur noch still. Dann schälten sich über ihm am Himmel leuchtende Linien aus den Resten des Dampfes.

Es dauerte einige Momente, bis der ganze Rauch verschwunden war. Aber davon bekam Odin schon nichts mehr mit. Wie gebannt starrte er auf das Bild, das über dem kleinen Hügel schwebte und dunkelgrün leuchtete. Die

Völva fragte ihn, ob er wisse, wer das sei. Odin nickte nur leicht, denn er wusste ganz genau, wer dieses Ungetüm war.

Nachdem das Bild verblasst war, waren sie schweigend in den Wald zurück gestapft. Die Wintersonne war wieder aufgegangen, nachdem sie den Hügel verlassen hatten, dennoch brauchte Odin eine Fackel, als er den Eingang der Höhle betrat, um Freyr zu suchen. Er kämpfte sich durch lange dunkle Gänge, die steil hinabführten, bis sich plötzlich eine riesige Halle vor seinen Augen auftat. An den Wänden und der Decke funkelten leuchtende Diamanten und erhellten den Raum. Von unten drang wilde Musik an sein Ohr. Er trat die Fackel aus und näherte sich den ausgelassenen Stimmen. Schließlich sah er, was vor sich ging.

Viele Musiker saßen am Rand und spielten einen feurigen Tanzrhythmus auf ihren alten, traditionellen Instrumenten. In der Mitte kreiste ein wilder Reigen. Als Odin genauer hinsah, fand er Freyr, der sich eng umschlungen mit der schönen Kämpferin kreisen ließ, die ihn verprügelt hatte. Da er ungeduldig war, drängte er sich durch die Masse. Mehrmals versuchte er Freyr zu erzählen, wen ihm die Völva gezeigt hatte, aber der Wane schlug jedes Mal seine Hand weg und ignorierte ihn. Dafür tanzte er umso heftiger mit seiner sexy Partnerin.

Odin wollte es nicht länger hinnehmen, denn jede Sekunde, die sie länger zögerten, stieg die Gefahr für Frigg. Deshalb vergaß er seine Manieren, griff nach Freyr und schleifte ihn davon. Oder vielmehr versuchte er es. Denn in dem Augenblick, als er Freyr griff und an ihm zog, grätschte die schöne Kämpferin sich zwischen ihn und den Wanen. Sie tauchte ab und ging auf die Knie. Odin spürte wie er leicht nach vorne gezogen wurde, bevor sich im nächsten Moment die Schultern der Schönen in seinen Bauch bohrten. Sie hob ihn an und schleuderte ihn dann über ihren Körper auf den Boden. Es knallte, als Odin aufschlug und alle Musiker verstummten. Der ganze Saal starrte ihn an. Odin fluchte. Bis plötzlich das laute Lachen Freyrs an seine Ohren drang. Im nächsten Moment setzte die Musik wieder ein und alle tanzten weiter, so als wäre der Fauxpas nicht passiert.

Freyr reichte dem Allvater die Hand und half ihm wieder auf die Beine. Trotz des Wurfs der schönen Kämpferin hatte Odin sein Ziel erreicht. Freyr schenkte ihm seine ungeteilte Aufmerksamkeit. Ohne eine Sekunde länger zu zögern, erzählte er ihm, welches Bild der Zauber der Völva hervorgezaubert hatte. Freyr hielt inne und zähneknirschend hauchte er das Wort Garm aus.

Dieser Garm war ein gefürchtetes Wesen. Auch die Götter Asgards wahrten lieber Distanz zu ihm. Garm war der Höllenhund der Todesgöttin Hel. Meist agierte er als ihre rechte Hand und führte die Befehle aus, die für alle anderen zu schmutzig waren. Seine Kraft zog er aus dem Sog des nackten Todes und sein Biss war so tödlich, dass er ähnlich zerstörerisch war wie das Dunkle aus Ginnungagap.

Die schöne Kriegerin starrte sie beide an. Sie hatte als einzige zugehört. Ihr Blick verriet, dass sie genau verstand. Sie war eine mächtige, erfahrene und brutale Kriegerin, aber neben Garm wirkte sie wie eine harmlose Spielzeugsoldatin aus dem Kinderzimmer. Sie trat vor und gab Freyr einen langen Kuss. Der nickte verstehend, als sie ihre Lippen von ihm gelöst hatte. Freyr schlug Odin auf die Schulter, um ihm klarzumachen, dass sie nicht länger zögern sollten.

Kaum dass sie durch die dunklen Gänge zurück in den Wald getreten waren, holte Freyr sein Schiff Skidbladnir heraus und zauberte es groß. Die beiden Götter sprangen hinein und das Schiff stieg langsam nach oben. Es stieg, bis es über dem Wald schwebte. Odin und Freyr blickten über den endlosen Wald. Während sich hinter ihnen die Steppe öffnete, aus der sie gekommen waren und wo der Hügel der Völva lag, breitete sich ein endloser grüner Ozean aus Bäumen vor ihnen aus.

Freyr drehte sich zu Odin. Der knirschte mit den Zähnen. Beide wussten, dass jede Reise nach Helheim ein Wagnis war. Hels Launen waren unvorhersehbar. Besonders nachdem Odin sie vor langer Zeit einmal aus Asgard geschmissen hatte, war nicht vorauszusehen, wie sie auf ein Erscheinen des Allvaters reagieren würde. Auch Freyr ging ungern nach Helheim. Er war ein Lichtgott Wanaheims und seine Natur widersprach den Schatten der Strohtoten. Trotz aller Bedenken gab es keine Wahl. Die Völva hatte den ersten echten Hinweis seit Friggs Verschwinden geliefert.

Von einem Moment auf den nächsten drehte sich Freyrs Schiff wie ein Wirbelwind. Ein Strudel entstand, saugte das Schiff auf und verschluckte es. Dann wurde es dunkel. Odin glaubte für einen Augenblick, noch in dem Strudel zwischen den Welten zu sein. Aber als ein verwesender Gestank seine Nase kitzelte, war ihm klar, dass sie ihr Ziel erreicht hatten.

Das Schiff war durch mächtige Zauber geschützt. Selbst die mächtigsten Wesen würden an den Bannzaubern abprallen. Aber sobald sie das Schiff verlassen würden, wären sie jedem Feind ungeschützt ausgesetzt. Eine Wahl hatten sie nicht. Also kletterten sie mutig aus dem Schiff. Als sie den Boden betraten, staubte es. Der graue Staub kitzelte ihre Nasen. Er schmeckte bitter, als er Odins Zunge erreichte und er musste sich zurückhalten, nicht zu husten.

Der erste Untote überraschte Odin. Gerade noch hatte er versucht, sich den Staub aus der Nase zu kitzeln, da hatte der hohle Schädel bereits die Distanz unterschritten und schnappte mit den Resten seines Gebisses nach Odins Gesicht, als wolle er dessen Wange fressen. Angewidert holte Odin mit seiner Rückhand aus. Er erwischte den Untoten im Gesicht, fegte ihn von seinen knochigen Beinen und schleuderte ihn durch die Luft. Als die wandelnde Leiche auf dem Boden aufschlug, war Odin sofort zur Stelle. Mit voller Wucht trat er auf die Gelenke des Untoten. Er trennte die Glieder vom Körper. Wild zuckte das Ungeheuer auf dem Boden wie eine Schlange. Aber ohne Arme und Beine stellte er keine Gefahr mehr dar.

Als sich der Allvater umdrehte, erkannte er, dass Freyr und sein magisches Schwert in den Kampf mit einem halben Dutzend weiterer Bewohner Helheims verwickelt waren. Wütend stürmte er seinem Waffenbruder zu Hilfe. Aus dem Lauf heraus trat er dem erst Untoten so fest in Rücken, dass dessen Wirbel wild durch die Luft flogen. Dann krallte er sich die Kehle des Nächsten und schmetterte seine eigene Stirn so wuchtig gegen den Knochenschädel, dass dieser vom Rumpf abriss und nach hinten flog. Keine zehn Wimpernschläge später war das halbe Dutzend Untoter besiegt.

Sie klopften sich den Staub von den Klamotten und hielten Ausschau nach weiteren Angreifern. Die Luft schien rein zu sein, allerdings konnte das täuschen, da sich die Untoten im Boden befanden. Dieser war schwer zu erkennen, da ein dünner Dunstschleier über dem Boden schwebte. Odin drehte sich im Kreis und spähte mit zusammengekniffenen Augen in jede Richtung. Überall sah es gleich aus. Sie befanden sich inmitten einer gigantischen Ebene, die von mächtigen Gebirgen eingerahmt war.

Unschlüssig blickte er zum Wanen. Auch der schien zu grübeln, welches die richtige Richtung war. Dann zog Freyr sein Schwert und warf es in die Luft. Odin sah der Klinge hinterher. Sie schwirrte zuerst ebenso unschlüssig wie die beiden Götter umher. Dann stieg sie in die Höhe, bis sie zu einem kleinen Punkt wurde. Odin wurde ungeduldig. Helheim war riesig und um ein Vielfaches größer als das kleine Midgard. Wenn sie keine Anhaltspunkte finden würden, dann wären sie dazu verdammt, ewig nach Garm dem Höllenhund zu suchen.

Auf einmal zischte es in der Luft. Der Allvater blickte nach oben und entdeckte das Schwert, das wieder zu ihnen herunterkam. Es senkte sich bis auf Freyrs Kopfhöhe. Seine Klinge zeigte in eine Richtung und vibrierte leicht. Der Wane nickte dem Asen zu. Dann steckte Freyr das magische Schwert wieder in die Scheide und sie machten sich auf den Weg in die Richtung, in die das Schwert gezeigt hatte.

Unter ihren Füßen flog der fahle Staub bei jedem Schritt hoch. Alle paar Meter mussten sie einen der Untoten vernichten, der sich aus seinem schattenartigen Schlaf am Grund Helheims erhoben hatte, um sie anzugreifen. Die ersten zwanzig Untoten teilten sie sich und machten ein Spiel daraus, sie in ihre Einzelteile zu zerlegen. Aber dann wurde es eintönig. Denn die Ebene schien nicht kleiner zu werden und es machte den Eindruck, als würden sie sich den Bergen um keinen Meter nähern. Odin und Freyr ging die Puste aus. Die staubige Atmosphäre machte das Wandern ungemütlich. In den schönen Welten liebten sie es zu wandern. Odin konnte Tage in den schneebedeckten Landen des nördlichen

Midgards wandern, ohne müde zu werden. Freyrs Streifzüge durch Albenheim waren legendär. Aber in Helheim hing der Dunst schlechter Gefühle über allem und die Luft schien an einem zu kleben wie ein Vampir, der die spirituelle Energie aussaugte.

Plötzlich blieb Freyr stehen. Odin schaute seinen wanischen Freund an. Der sagte, dass es keinen Sinn hätte und sie ewig durch Hels Welt irren würden, falls sie so weiterliefen. Odin nickte stumm, aber eine andere Lösung fiel ihm nicht ein. Wütend zerstampfte er deswegen den Schädel des ersten Untoten, der sich im Staub räkelte und sah zu, wie die Knochen nach seiner Attacke durch die Luft flogen. Dabei blieb sein Blick auf einigen Knochen hängen. Ihre Form war so eindeutig, dass es keinen Zweifel geben konnte, dass es die Rune Pertho war. Sie war die große Mysteriums-Rune und auch die Rune des Wahrsagens.

Odin verstand das Zeichen sofort. Aus dem kleinen Beutel an seinem Gürtel fischte er ein Säckchen aus edlem Stoff. Freyrs trat neben ihn, um zu schauen, was er vorhatte. Odin formte mit seinem graublauen Mantel eine weiche Schale und forderte Freyr auf, sie fest in der Hand zu halten. Als Nächstes hielt er sich das kleine Säckchen an die Stirn. Stumm murmelte er einen alten Nornenspruch. Dann zog er drei Runen aus dem Säckchen und warf sie in die Kuhle. Es waren Eiwaz, Ehwaz und Isa. Noch sagten sie ihm nichts.

Dann wies er Freyr an, mit seinem Mantel den Nebel zu vertreiben. Freyr nickte und wedelte wie ein kleines Kind, das wild auf dem Spielplatz spielte. Der Boden kam zum Vorschein. Odin zog sich den schweren, mit Metallplatten beschlagenen Handschuh aus und zeichnete die erste Rune in den weißen Sand, dessen Ursprung sicherlich Knochen waren, die über Jahrtausende hinweg klein gemahlen worden waren. Dann sah er sich Eiwaz an. Mit seinem geistigen Auge stellte er sich die beiden anderen Runen vor, bis ein Bild entstand, bei dem er das gewisse Kribbeln in der Höhle seines toten Auges spürte. Dann wischte er Eiwaz weg und zeichnete die Binderune in den knochigen Staub.

Als er mit seinem magischen Kunstwerk fertig war, stellte er sich hin. Auch Freyr hörte mit dem Wedeln auf und sie schauten gemeinsam auf die Binderune. Odin war enttäuscht, er hätte gern ein eindeutiges Zeichen bekommen. Aber diese Rune bot viel Spielraum für Interpretationen. Das einzig Auffällige war, dass Isa durch die Linie der anderen Runen verstärkt worden war.

Die beiden ergaben sich in ihr Schicksal. Mit einer wilden Bewegung schwangen sie sich die Mäntel um den Körper und ließen sich in den Staub fallen. Sie streckten ihre Rücken durch und schlossen die Augen. Mit ihren göttlichen Sinnen drangen sie in die unsichtbaren, magischen Sphären vor. Zuerst war es ein Tal der Dunkelheit. Aber die beiden wussten, dass sich das Bewusstsein erst klären musste, wie das sandige Flusswasser in einem alten Krug, bevor es durchsichtig wurde.

Auf einmal öffnete sich die magische Welt und vor ihnen tat sich ein Fluss aus verstorbenen Seelen auf. Sie kamen durch die zahlreichen Tore nach Helheim, die sich immer dann und nur dann öffneten, wenn einer gestorben war. Hoch am Himmel floss der Fluss und sie sahen, zu welchen Bergen die Seelen drängten. Freyr, der des Laufens überdrüssig war, holte sein Schiff heraus, als sie sich wieder erhoben hatten. Er hisste das Hauptsegel und sie ließen sich von den Todeswinden treiben. Mit ihren körperlichen Augen konnten sie den Strom verstorbener Seelen nicht mehr sehen. Aber je näher sie kamen, desto mehr spürten sie die Energie der vielen Toten. Bald ließ ein schauriges Heulen ihre Herzen zittern. Um sein schönes Schiff nicht sinnlosen Attacken auszusetzen, durch die es beschädigt würde, landete Freyr und faltete es zusammen.

Auf der Bergkuppe lag ein weißer Schleier und er wirkte wie der Schnee auf den Hängen der Nordgebirge. Aber schon nach einigen Schritten merkten sie, dass es nichts anderes als Knochenstaub war. Das Jaulen ertönte wieder. Beide hatten keinerlei Zweifel, zu welchem Ungetüm es gehörte. Gerade als sie einen Bergrücken hochkletterten, tauchte über ihnen die feurig-toten Augen eines riesigen Hundes auf. Etwas an ihm erinnerte sie an einen Wolf. Doch zugleich war es auch ein Hundegesicht. Definitiv war es größer als jeder Wolf oder Hund Midgards. Der Schädel maß den Umfang mehrerer Elefantenschädel.

Sofort zogen sie ihre Waffen. Doch den Höllenhund schien das kaltzulassen. Er stampfte nur mit seinem Fuß auf und trat eine Steinlawine los. Odin fluchte. Ihre strategische Position war schlecht. Auch Freyr knirschte mit den Zähnen und fluchte. Dann trafen die ersten Steine ein. Sie sprangen in die Luft und wichen so den ersten Steinen aus. Doch es wurden mehr. Sie konnten nicht mehr einfach nur hochspringen, um ihnen auszuweichen. Stattdessen sprangen sie jetzt auf die Steine und nutzten den Bruchteil eines Augenblick, um sich wieder abzustoßen und so zum nächsten Stein zu springen. Sie taten das so lange, bis die Steinlawine vorüber war.

Als sie nach oben blickten, brannten die Augen des Höllenhundes. Er schien wütend zu sein, dass seine Attacke nicht funktioniert hatte. Odin lachte. Es fühlte sich gut an, den Höllenhund ausgetrickst zu haben. Scheinbar hatte er sich zu früh gefreut. Kaum einen Augenblick später fing Garm an, furchtbar laut und böse zu jaulen. Odin sah seinen wanischen Waffenbruder besorgt an. Das Jaulen verhieß nichts Gutes.

Zuerst geschah nichts. Doch dann schien es, als würde die Erde beben. Sie spürten, wie ihre Beine mit dem Boden hin und her schwankten, auch das Geröll vibrierte und sie machten sich für die nächste Steinlawine bereit. Doch es sollte anders kommen: Statt einer neuen Ladung Steine stürmte ein Skelett über den Hang und es sollte nicht das Einzige bleiben.

Freyr fluchte laut. Zuerst waren nur ein paar Skelette neben Garm über den Hang gerannt gekommen. Doch schon einige Momente später schien der ganze Hang aus Skeletten zu bestehen. Es mussten Hunderte sein, die über den Hang kamen und es wirkte so, als würden es noch mehr werden.

Mit einer drehenden Bewegung hieb Odin dem ersten Skelett den Schädel vom Hals und das zweite schickte er mit einem Stoß seines Schildes auf den Boden, bevor er ihm den knochigen Schädel zertrat. Dem ersten Skelett folgten drei weitere. Auch diese zerstörte Odin, aber auf jedes von ihnen folgten drei weitere, als ob sie der Kopf der Hydra waren.

Odin schnaubte wütend. Während er dem Nächsten mit dem Rand seines Schildes den Schädel abschlug, ließ er seinen Blick über den Hang schweifen. Es strömten noch immer neue Skelette auf sie zu. Von oben blickte Garm zufrieden drein. Freyr war genauso in Bedrängnis wie Odin selbst. Mittlerweile drängelten sich die Skelette zwischen sie und umringten sie. Das war strategisch unklug.

Odin trat dem Skelett vor ihm in den Bauch, so dass seine Wirbelsäule in tausend Stücke zersprang. Dann hieb er seinen Schild gegen den Hals des Skeletts zu seiner Linken und rannte los. Bis zu Freyr waren es nur ein paar Meter, aber um dorthin zu kommen, musste er fünf Skelette aus dem Weg räumen.

Als er den Wanen erreichte, verstand der ihn instinktiv. Sie stellten sich Rücken an Rücken, um sich gegenseitig schützen zu können. Solange ihr Rücken frei war und sie genügend Ausdauer und Willensstärke hatten, konnte ihnen kein Skelett etwas antun. Zudem unterstützte sie Freyrs fliegendes Schwert. Es flog durch die Gegend und hieb die Schädel und Gliedmaßen der Skelette ab.

Schon nach einiger Zeit standen sie auf einem zitternden Berg aus Knochen. Aber die Flut aus Skeletten, die über den Hang strömten, nahm nicht ab. Längst drängte sich die Knochenhorde dicht an sie heran. Sie hatten kaum noch Platz und die ersten Teile ihrer Rüstung hatten die Skelette ihnen vom Körper gerissen. Odin stöhnte und Freyr antwortete mit wilden Flüchen. Ihre Situation war aussichtslos, wenn sie sich nichts einfallen ließen.

Die magischen Kräfte der Wanen und Asen verpufften in Helheim. Die Siegel dieser Welt schirmten sie von fremden Einflüssen ab und so blieb wirklich nichts außer dem Kampf mit ihren Waffen, den sie immer mehr zu verlieren drohten. Odin rief Freyr zu, dass es an der Zeit war, den strategischen Rückzug anzutreten. Freyr hatte keine Einwände. Sie wählten die Richtung, in der die Reihen der Knochenmänner am dünnsten waren, und dann begannen sie sich mit gewaltigen Schlägen einen Weg zu bahnen.

Köpfe, Armknochen und Wirbelsäulen flogen durch die Gegend, während sie sich eine Schneise bahnten. Immer mehr Skelette stürmten auf sie ein und sie antworteten mit immer stärkeren Hieben. Dann tat sich vor ihnen ein kleines Plateau auf. Zuerst kletterte Odin nach oben und Freyr deckte seinen Aufstieg. Dann folgte ihm der Wane, während Odin mit seinem Speer die Skelette zurückhielt, die nach Freyr schnappten. Oben angekommen, atmeten sie das erste Mal durch und ließen ihren Blick über das Knochenheer schweifen. Es waren tausende Skelette und noch immer kamen mehr dazu. Die Zahl war unbeschreiblich.

Ein Heulen zerriss die staubige Luft. Garm knurrte und kläffte. Scheinbar war er unzufrieden mit seinen Skeletten. Es wirkte, denn plötzlich fing das Plateau an zu wackeln. Sie blickten an den Seiten runter und sahen, wie die Skelette dagegen drückten und immer mehr sich von hinten einreihten, um den Druck zu erhöhen. Das Wanken wurde größer und als Odin an der anderen Seite des Plateaus runterguckte, schaute er in eine tiefe Schlucht.

Die Situation schien aussichtslos. Hinter ihnen war eine Schlucht, die ihren Rückzug versperrte. An den anderen Seiten erwartete sie ein Heer aus Untoten und unter ihnen war es fragwürdig, wie lange der Boden noch standhalten würde. Ein Ruck ging durch den Felsen. Odin blickte erneut über die Kante. Sie schoben und drückten immer noch. Aber jetzt nagten sie auch an dem Sockel, als ob sie Biber wären, die einen Baum fällen wollten. Die Sache war zu verrückt. Schließlich entschied sich Freyr sein Schiff Skidbladnir auszupacken.

Er zog es aus dem Beutel und entpackte es. Im selben Moment jaulte der Höllenhund furchtbar. Während Freyr das Schiff vorbereitete, blickte sich Odin um. Er erkannte, wie der Höllenhund seine Position verlassen hatte und im irren Tempo auf sie zuraste. Plötzlich sprang er, aber sein Sprung verwandelte sich in die Flugbahn eines rasenden Kometen.

Er landete zwischen Skidbladnir und Freyr. Der Wane fluchte und schickte mit einer Handbewegung sein fliegendes Schwert direkt zum Angriff auf das haarige Monster. Doch Gram ließ sich nicht beirren. Mit seiner höllischen Pratze fegte er das Schwert wie ein Streichholz weg. Die beiden Götter traten Schulter an Schulter und nahmen ihre Gefechtsstellung ein. Der Höllenhund blieb unbeeindruckt und funkelte sie siegessicher an. Dies war sein Territorium und er war dafür erschaffen worden, es mit aller Kraft zu verteidigen.

Plötzlich raste Odins Herz schneller. Dann erschienen vor seinen Augen einige Szenen von Frigg. Die erste tauchte auf, wie sie in der Küche ihrer großen Festung stand und an dem uralten Kessel eine Suppe kochte. Das Bild löste sich blitzartig auf, um einem neuen Bild Platz zu machen. Diesmal waren sie allein in ihrem Schlafgemach und sie waren nackt und liebten sich. Auch dieses Bild löste sich in Windeseile auf und ein neues entstand. Frigg stand inmitten der Kinder Asgards und kümmerte sich um sie. Odin liebte diese Szene, doch auch sie verschwand und dafür erschien das schwarze Gesicht der Völva. Er wusste, was zu tun war.

Gungnir nach vorn gestreckt, rannte er los. Es war so schnell gekommen, dass es sogar Freyr überrascht hatte. Der Speer traf auf die Nasenspitze des Höllenhundes und er drang tief ins tote Fleisch des Ungetüms. Normale Waffen hätten Garm nichts anhaben können. Aber Gungnir war eine göttliche Waffe. Die besten Zwerge hatten ihn geschmiedet und viele Zaubersprüche verstärkten seinen Angriff. Garm brüllte vor Schmerzen und wich zurück.

Odin zog den Speer raus, aber nur um augenblicklich wieder zuzustoßen. Diesmal zielte er auf die Augen des Ungetüms. Er traf mit göttlicher Präzision. Das Feuer in den Augen der Bestie erlosch; nur sein Jaulen wurde noch lauter. Odin war zu erfahren, um eine Chance verstreichen zu lassen. Immer wieder zog er den Speer raus und stach zu. Der Hund schüttelte sich vor Schmerzen und wich zurück. Jetzt trat auch Freyr neben ihn. Mit seinem Schwert in der Hand schlug er auf den Höllenhund ein. Der hob abwehrend seine Pfoten. Doch die beiden Götter gaben nicht nach. Immer härter schlugen und stachen sie auf ihn ein.

Schließlich erreichten Garms Hinterbeine den Rand des Felsens. Freyr und Odin wussten, jetzt begann der entscheidende Teil ihres Angriffs. Sie schlugen noch härter zu. Odin attackierte besonders Garms Augen, weil der Höllenhund dort am verwundbarsten zu sein schien. Freyr schlug ein letztes Mal hart mit göttlicher Kraft zu. Die Hinterpfoten verloren ihren Halt. Odin stach mit Gungnir zu und als der Speer feststeckte, drückte er mit aller Kraft.

Der Hund verlor das Gleichgewicht. Er knurrte ein letztes Mal wütend, dann stürzte er in den Abgrund. Odin und Freyr sahen dem Höllenhund hinterher. Das gigantische Tier raste in die Tiefe und schlug unten auf. Am Grund blieb die Bestie regungslos liegen. Die Götter sahen sich zufrieden an. Sie hatten gesiegt. Plötzlich zerriss wildes Geheul die Luft. Es kam von hinten und als die beiden sich umdrehten, waren sie schockiert.

Auf dem Hügel vor ihnen stand Garm und funkelte mit feurigen Augen. Unschlüssig drehten sich die Götter um und starrten in die Schlucht. Die Leiche des Höllenhundes war verschwunden. Zähneknirschend blickten sie sich um. Es gab keinen Zweifel. Garm war von den Toten auferstanden. Den beiden wurde klar, dass sie in der Totenwelt damit hätten rechnen müssen. Die Frage war, wie sie Garm und seine Knochenarmee besiegen konnten, wenn sie nicht zu töten waren? In diesem Moment sprintete der Höllenhund los.

Das Schauspiel schien sich zu wiederholen. Doch dieses Mal wollten sie schneller sein. Sie sprangen aufs Deck des fliegenden Schiffes, ehe der Hund ihr Plateau erreichte. Freyr steuerte das Schiff in die Lüfte. Unter ihnen sahen sie, wie der Höllenhund mehrmals in die Luft sprang, um nach dem Schiff zu schnappen. Nur mit viel Glück waren sie bereits so weit aufgestiegen, dass er es nicht mehr schaffte. Sie steuerten das Schiff in eine sichere Position und endlich sahen sie auch das Ausmaß der Knochenarmee.

Es mussten weit über hunderttausend Skelette sein, die sich unter ihnen zusammenscharrten. Die Ersten begannen auf einmal eine Pyramide zu bilden, die erschreckend schnell in die Höhe wuchs. Immer mehr Skelette kletterten die Pyramide hoch und als sie oben angekommen waren, verhakten sie sich mit den anderen Skeletten. Odin und Freyr fragten sich, was der Sinn der Pyramide war? Sie schwebten weit vor dem felsigen Abgrund. Selbst wenn sie ihre Höhe erreicht hätten, wäre die Spitze immer noch zu weit entfernt von der jetzigen Position ihres Schiffes.

Als die Pyramide schließlich die Höhe des Schiffs erreicht hatte, begriffen die beiden nordischen Götter den Zweck der

Knochenpyramide. Denn Garm begann die Pyramide hochzuklettern. Odin und Freyr verfolgten unschlüssig das Schauspiel. Sie überlegten, was der Höllenhund vorhaben könnte? Wahrscheinlich würde er zu ihnen rüberspringen wollen. Das war ein Risiko, aber Freyr bereitete das Schiff vor, so dass es jederzeit ausweichen konnte und der Höllenhund erneut tödlich in die Tiefe stürzen würde.

Garm erreichte die Spitze. Das riesige Tier stand ihnen nun auf Augenhöhe gegenüber. Das Funkeln in seinen Augen glühte wie ein Feuer. Kleine Flammen züngelten orange und rot. Seine messerscharfen Zähnen glänzten wie polierter Stahl, genauso wie die Krallen seiner Pfoten. Die Götter machten sich für den Angriff des Höllenhunds bereit. Doch zuerst passierte nichts. Sie starrten sich einfach nur an. Garm schwankte auf der Knochenpyramide, auf die noch immer die Skelette hochkletterten und sie verstärkten und die Götter schaukelten in Skidbladnir.

Plötzlich riss der Höllenhund sein Maul auf. Er brüllte böse. Es schmerzte in ihren Ohren. Aber das störte sie nicht, dafür verwunderte sie, wie der Höllenhund sein Maul immer weiter aufriss. Die beiden Kiefer nahmen einen rechten Winkel an. Weder Odin noch Freyr verstanden, was Garm bezweckte. Auf einmal begann es in Garms Maul zu leuchten. Sie konnten zuerst nur ein helles Licht sehen, indem ein Schatten stand. Dann würde das Bild schärfer. Schockiert erkannte Odin, dass es Frigg war, die in schwere Ketten gelegt worden war.

Odin brüllte. Freyr warnte ihn, dass es nur ein Trugbild sein könnte. Aber Odin wollte davon nichts wissen. Die schwarze Völva hatte ihn hergeführt und das Bild war der letzte Beweis, den er gebraucht hatte. Er wusste nicht, wie es der

Höllenhund geschafft hatte, die Schutzzauber Asgards zu durchdringen. Aber das spielte keine Rolle mehr. Er musste seine Frau aus den Fängen des Höllenhundes retten. Feurig schrie er Freyr an, das Schiff zu Garm zu lenken.

Der Wane wollte widersprechen. Er wies Odin auf die Gefahr hin, einen unüberlegten Angriff zu starten. Es wäre besser, erst einen guten Plan zu schmieden und dann anzugreifen. Aber der Allvater zog Freyr am Kragen zu sich heran und erklärte ihm, nicht bereit zu sein, sein Weib auch nur eine Sekunde länger in den Klauen der Höllenbestie zu lassen. Freyr nickte stumm und steuerte das Schiff in einem Angriffstempo auf Garm zu.

Als sie nah genug waren, sprang Odin auf die Reling. Er hielt sich an einem Seil fest und wartete auf den richtigen Moment. Dann sprang er mit dem Speer voraus. Freyr hatte das Schiff schräg über die Knochenpyramide gesteuert. Odins Angriff kam deshalb hart. Doch der Höllenhund rührte sich nicht. Sein Speer stach dem Tier mitten in die Schnauze, doch diesmal jaulte es nicht. Odin landete vor Garm auf den Köpfen mehrerer Skelette und direkt vor dem Maul Garms. Er streckte die Hand aus, um nach Frigg zu greifen.

Der Griff ging ins Leere. Es war nur ein Trugbild. Doch Garms Reißzähne waren echt und er schnappte zu. Odin fühlte sich wie ein Kaninchen, das freiwillig in die Falle gelaufen war. Er ärgerte sich über seine Dummheit. Im selben Moment kam der Schmerz. Die Zähne bohrten sich in seinen Oberarm. Nur weil er in letzter Sekunde seinen Speer als Schutz dazwischen gerammt hatte, biss ihm der Höllenhund nicht den ganzen Arm ab. Der begann wieder zu jaulen, denn Gungnir steckte tief in seinem Gaumen.

Odin trat den Rückzug an oder vielmehr wollte er es. Mit einem kleinen Sprung wollte er auf den Kopf eines Skeletts hüpfen und dann mit Schwung nach oben springen, wo ihn Freyr auffangen und zurück ins Boot hieven sollte. Doch in dem Moment, als er mit seinem Fuß auf dem Kopf des Skeletts landete, gab die ganze Pyramide nach.

Tausende Skelette stürzten in sich zusammen und Odin raste im freien Fall nach unten. Der Aufschlag war hart. Seine göttlichen Knochen schienen tausendfach zu brechen. Wenn seine magischen Kräfte sie nicht wieder geflickt hätten, wäre er nicht wieder aufgestanden. Garm schien es jedenfalls nicht mehr zu tun; zumindest dieser Garm. Er lag tot neben ihm. Der Aufschlag war zu heftig gewesen und sein Körper zerschellt. Jedoch hörte er das Geheul genau in diesem Augenblick aus der Ferne, als wolle er ihn wissen lassen, dass ihr Kampf noch nicht vorbei war.

Odin richtete sich mühsam auf. Alles schmerzte. Ein Blick zum Himmel verriet ihm, dass Rettung nahte. Freyrs Schiff näherte sich. Dann blickte er sich um und erkannte das schwarze Fellknäuel, welches sich im rasenden Tempo näherte. Der neue Garm schien keine Zeit verlieren zu wollen. Die Frage war, ob Freyr oder Garm zuerst bei ihm sein würden?

Der Höllenhund gewann das Rennen. Kaum dass er in Reichweite war, begann er nach dem Allvater zu schnappen. Mühsam entkam Odin der ersten Attacke und er wusste nicht, ob er einer zweiten auch ausweichen konnte. Da landete plötzlich Freyr neben ihm im Staub und stellte sich mit erhobenem Schwert zwischen ihn und den Höllenhund.

Es war ungewöhnlich, dass Freyr sein Schwert in den Händen hielt. Aber das lag an der gefährlichen Situation.

Odins Wunden waren ernst und der Höllenhund scheinbar unbezwingbar. Zwar konnten sie sich sicher sein, dass Frigg in Garms Gewalt war, aber es war noch immer nicht klar, wie sie zu ihr kommen sollten.

Plötzlich legte Freyr sein Schwert auf den Boden und kniete sich vor Garm hin. Er schwor dem Höllenhund, sich ergeben zu wollen. Odin wusste nicht, ob er seinen Ohren trauen sollte. Obwohl Freyr nur ein Wane war, so waren auch sie nicht für ihre Feigheit bekannt. Zwar waren sie Götter des Reichtums und der Fruchtbarkeit, aber dennoch waren sie auch für ihren Mut berühmt.

Im nächsten Moment schossen Ketten aus dem Boden und schlangen sich um Freyrs Körper. Ein Strang band sich um seine Handgelenke. Odin erhob sich und stach auf die Ketten ein. Sie waren aus einer Art schwarzem Metall. Sein Speer schaffte es, ein Kettenglied zu sprengen, doch im nächsten Moment schoss die nächste Kette aus dem Boden. Plötzlich bemerkte er, wie sich etwas um sein Bein schlang. Er blickte nach unten und sah die Kette, die sich um sein rechtes Bein wickelte.

Wie wild hieb er mit Gungnir auf die Kette ein. Dreimal musste er zustoßen, ehe die Kette zersprang. Doch längst war eine weitere Kette aus dem Boden geschossen und wickelte sich um sein linkes Bein. Während er wieder zustach, um sich zu befreien, kam das nächste Band aus schwarzem Metall. Diesmal attackierte es seinen Arm. Er schüttelte sich, um sich von der Kette zu befreien. Doch schon kam die nächste und wickelte sich auch um den anderen Arm.

Er zog und rüttelte. Er versuchte, sich zu drehen, um sie so abzuschütteln. Aber es half nichts. Es gab kein Entkommen.

Das schwarze Metall war eiskalt. Es schossen weitere Stränge aus dem Boden und schnürten ihn ein. Ein Blick zu Freyr und er begriff, dass es ihm noch gut ging. Der Wanengott lag wie ein gut verschnürtes Paket auf dem Boden. Um seinen ganzen Körper waren Ketten geschlungen und er zappelte wie ein Fisch auf dem Land.

Einige Augenblicke später lag auch Odin gefesselt auf dem Boden. Garm trat zu ihnen. Durch seine riesigen Nasenlöcher schnaufte er Odin an. Es tropfte und ein ekliger Tropfen Schleim klatschte in Odins Gesicht. Er spuckte es aus. Garm hechelte und beobachtete den Göttervater. Odin glaubte, so etwas wie Genugtuung in seinem Blick zu sehen. Dann stellte er seine riesige Pfote auf Odins Kopf. Er drückte ihn nach unten, bis Odin Staub zu schlucken begann und hustete. Zufrieden sah ihm Garm zu, wie er den Staub ausspuckte und sich hin und her wandte. Dann jaulte er laut.

Odin sah wie der Sand um ihn herum, sich zu bewegen begann. Im nächsten Augenblick schnellten viele einzelne Skelettarme in die Höhe. Nach und nach erhob sich ein halbes Bataillon Knochenmänner aus dem Höllensand. Sie umrundeten die beiden Götter, hoben sie hoch und packten sie sich auf die Schultern. Dann marschierten sie los.

Garm lief vorne weg. Sie bestiegen wieder das Gebirge, zu dem der Strom der toten Seelen geflogen war. Ihr Marsch dauerte sehr lange. Odin hatte jegliches Zeitgefühl verloren. Denn in der Hölle gab es kein Tag und Nacht. Über allem herrschte nur eine stumpfe, graue Finsternis, wobei der Boden eine Art von Reststrahlung abgab, sodass man genügend sehen konnte.

Sie hatten lange Bergpässe passiert und endlich merkten sie, wie sie wieder hinabstiegen. Vor ihnen öffnete sich ein Wald aus toten Bäumen. Einige trugen verfaulte Früchte, an anderen hingen die Körper erhängter Menschen und baumelten in dem eisigen Wind hin und her. Am Himmel flogen schwarze Vögel. Von Weitem hatten sie den heiligen Raben Odins sehr ähnlich gesehen, aber als einer auf Odin gelandet war, um nach seinem Auge zu picken, hatte er erkannt, dass es auch nur Skelette waren. Garm hatte die Vögel verjagt. Odin schloss daraus, dass sie noch etwas mit ihm vorhatten.

Wieder marschierten sie lange durch den immer dichter werdenden Wald. Der Weg schien die einzige Möglichkeit zu sein, durch den Wald zu kommen. Die Bäume am Wegrand hatten scharfe Dornen und auf den Ästen bewegten sich höllische Wesen, die aussahen wie Raubkatzen und riesige Pranken und messerscharfe Zähne hatten.

Als der Wald endete, blickten sie über eine weite Landschaft mit Feldern. Wären sie auf Midgard gewesen, wären es sicher schöne, goldgelbe Felder gewesen. Doch hier waren die Ähren grau und es schien, als ob ihre Körner aus Staub bestehen würden. Aus seiner Position konnte Odin nur schlecht nach vorne sehen. Aber einmal war eines der Skelette ausgerutscht und sie hatten sich kurz gedreht. Am Horizont hatte er eine Burg entdeckt. Er war sich sicher, dass sie sich auf diese zubewegten.

Er sollte recht behalten. Es dauerte noch eine gefühlte Ewigkeit, aber dann erblickte er über sich das gewaltige Burgtor. Am Rand standen Skelette in schweren Rüstungen und mit Hellebarden. Dann warf man sie unsanft in den Hof der Burg. Die Götter drehten ihre Köpfe, um so viel wie möglich sehen zu können. Es war eine gute Burg. Die Statuen an den Zinnen waren meisterlich und auch die

Wehranlagen überzeugten. Wem sie gehörte, war ihnen längst klar.

Nach einiger Zeit tauchte Garm wieder auf. Er jaulte kurz und die Skelette schulterten sie. Dann trug man sie durch die große Pforte. Vor ihnen öffnete sich der edle Flur einer nobel ausgestatteten Burg. Zu ihrer Überraschung war alles sauber, glänzte und strahlte farbenfroh. Nachdem alles in der Hölle bisher staubig grau gewesen war, wirkte das fast schon schmerzhaft für die Augen.

Die Knochenmänner schleppten sie eine prachtvolle Treppe hoch. Aus dem Augenwinkel erkannte Odin etliches Volk. Zu seiner Überraschung waren es nicht nur Tote. Er erblickte mehrere Zwerge, lebendige Menschen und Alben. Letzteres ließ ihn erstaunt zu Freyr blicken. Der erwiderte seinen Blick und schien die Welt auch nicht mehr zu verstehen. Als sie höher kamen, drang Musik an ihr Ohr und es wurden mehr Wesen, die herumstanden und aussahen, als würden sie sich köstlich amüsieren. In ihren Händen hielten sie edle Gläser und erst jetzt entdeckte Odin die vielen Skelette, die wie Diener aussahen und Tabletts mit Gläsern durch die Gegend trugen und sie den Gästen anboten. Es wirkte tatsächlich so, als würden sie ein Fest feiern.

Eine riesige Tür öffnete sich. Odin musste den Kopf verrenken, um alles erkennen zu können. Mehrere Skelette mit edlen Rüstungen bewachten die Tür. Aber sie ließen Garm sofort passieren. Nachdem die Tür geöffnet war, drang die Musik plötzlich sehr laut an ihr Ohr. Scheinbar fand die Party hier statt. Doch dann verstummte sie augenblicklich. Odin hob schwerfällig den Kopf. Er sah viel feierndes Volk, das sie jetzt verwirrt anstarrte und anfing zu tuscheln. Jeder schien zu fragen, wer dort in Fesseln gelegt worden war. Doch das Interesse verschwand sehr schnell wieder und auch die Musik setzte lauter als zuvor wieder ein. Aus dem Augenwinkel sah der Göttervater, wie sie wieder zu tanzen begannen und sich an den kostbaren Getränken labten.

Ein Zwerg hatte sogar die Dreistigkeit, ihm zuzuprosten. Odin spuckte Gift und Galle und verfluchte ihn, falls er ihn nicht aus den Fängen der Untoten retten würde. Der Zwerg lachte nur amüsiert und Odin gab es auf. Es wunderte ihn nicht. Wer auf dieser Feier war, gehörte sicher zu den Günstlingen der Totengöttin.

Am Ende der Halle wurden sie durch eine Tür getragen. Dahinter öffnete sich ein kleiner Raum. Aber auch in diesem hielten sich nicht an. Die Knochenmänner trugen sie durch mehrere andere prunkvoll ausgestattete Räume. Schließlich kamen sie in eine Art nobles Schlafzimmer und plötzlich warfen sie die Skelette auf den Boden.

Odin zappelte. In ihm keimte die Hoffnung, mit genügend göttlicher Kraft die Ketten doch noch sprengen zu können und dann in einem epischen Kampf alle Gegner zu vernichten, bis er seine Frigg wieder hatte. Plötzlich fing jemand an zu lachen. Es war eine Frauenstimme. Instinktiv wusste er sofort, wer es war und seine Nackenhaare stellten sich auf. Dann stellte sich die Frau vor ihn hin und trat ihm ins Gesicht.

Es schmerzte. Der Tritt war nicht der eines einfachen Skeletts, denn diese Frau war nicht irgendjemand. Ihr Gesicht kam näher an seines heran. Odin sah zuerst in das lebendige Auge der Göttin der Hölle. Dann blickte er in ihre zweite Gesichtshälfte, die eine bläulich-schwarze Mischung aus Totenmaske und Totenschädel war. Ihr Lachen drückte ihre Überlegenheit aus und da Odin weiter vergeblich versuchte, die Fesseln zu sprengen, musste er zugeben, dass er ihr ausgeliefert war.

Auch wenn sein Körper gefesselt war, so war sein Mundwerk noch frei. Er begann Pech und Schwefel zu spucken. Mit wüsten Schmutzwörtern überschüttete er Hel und forderte von ihr die Freilassung seiner Ehefrau Frigg. Obgleich er gefesselt war, schwor er ihr, die schlimmsten Dinge anzutun, falls sie nicht sofort Frigg freigab.

Kurz wurde es still. Selbst Odin war von der Ruhe gebannt. Er sah ins lebendige Auge Hels und versuchte, etwas daraus abzulesen. Ohne Vorwarnung begann die Totengöttin zu lachen. Aus dem Hintergrund drangen auch andere Stimmen an sein Ohr und lachten mit. Es schien, dass sie die ganze Zeit von einem regen Publikum beobachtet worden waren.

Sie lachte und schlug sich dabei auf den Bauch. Odin verstand das ganze Schauspiel nicht. Ein Blick zu Freyr verriet ihm, dass er das Spiel der Höllengöttin genauso wenig verstand. So schnell wie es gekommen war, verstummte Hel und mit ihr der Chor im Hintergrund. Sie senkte ihren Kopf und sah Odin stumm an. Dann fragte sie, ob er wirklich bereit war, seine geliebte Frau wiederzusehen?

Odin verstand die Frage nicht. Er war nur wegen Frigg hier und er würde eher sterben, als ohne sie nach Asgard zurückzukehren. Also überschüttete er Hel wieder mit Gift und Galle und forderte unverzüglich Friggs Freilassung. Hel begann wieder zu lachen und versprach ihm, den Wunsch zu erfüllen und ihn zu Frigg zu führen.

Keine Sekunde später schoben sich die Knochenhände der Skelette unter den Allvater und hievten ihn wieder in die Höhe. Er sah, wie Hel vorne weglief. Sie liefen durch einen langen Flur. Dann stiegen sie die Wendeltreppe eines Turms hoch. Schließlich öffnete sich über ihnen ein Raum, der dunkelrot ausgeleuchtet wurde. Die Skelette warfen Odin auf den Boden. Er knallte mit dem Kopf auf einen weichen Teppich. Zuerst konnte er nichts sehen. Im harschen Ton wies Hel ihre Diener an, ihn hinzusetzen.

Die Knochenhände gruben sich unter die Ketten und richteten den Allvater auf, so dass er alles sehen konnte. Zuerst glaubte er, eine Illusion zu sehen. Dann begriff er, dass es das war, was er glaubte zu sehen. Unschlüssig schaute er zu Hel. Die grinste zufrieden. Dann sah er sich die Szene erneut an und ihm wurde schlecht.

Das Bild war surreal und doch war es Frigg. Ihre Pose machte ihn wütend. Er schüttelte sich wie ein wildes Tier, denn diese Szene war unerträglich. Alle Kraft, die in ihm steckte, holte er hervor und tatsächlich sprengte er die ersten Kettenglieder. Die Reste des schwarzen Metalls rieselten auf den Teppich und er schüttelte sich. Schon riss der nächste Strang und er spürte, wie er bereits seine Schultern wieder bewegen konnte. Noch drei Stränge der metallenen Ketten und er könnte sich wieder komplett frei bewegen.

Doch Odin hatte die Rechnung ohne die Wirtin gemacht. Hel sah sich das Schauspiel mit genervter Miene an. Auf einmal war es ihr zu viel. Sie hob ihren Arm und streckte die Hand nach vorne. Sie streckte ihre langen totenbleichen Finger aus, als wollte sie eine Flasche greifen. Dann fuhr sie zusammen, als wollte sie etwas zerquetschen. Im gleichen Moment stöhnte Odin laut auf.

Um seinen göttlichen Hals hatte sich eine unsichtbare Kraft gelegt und drückte ihm die Kehle zu. Es schmerzte und raubte ihm die Konzentration, so dass er aufhörte, sich zu schütteln, um die Ketten loszuwerden. Hel sah das mit Genugtuung, aber es schien ihr noch nicht genug. Sie hob ihren Arm und im selben Moment begann Odin in die Luft zu schweben. Hel benutzte ihre toten Finger wie eine Fernbedienung. Sie steuerte Odin damit durch die Luft, bis er einen Meter vor ihr und schwebend in der Luft zum Stehen kam.

Das lebende Auge der Todesgöttin funkelte den Wanderer böse an und das tote Augen schien ihn wie ein schwarzes Loch einsaugen zu wollen. Dann sprach sie mit tiefer und verzerrter Zunge und was sie ihm erklärte, fühlte sich schlimmer an als das Hängen am Weltenbaum Yggdrasil, als er sein Auge geopfert hatte, um Weisheit zu erlangen.

Hel erklärte ihm, dass sie einmal unbemerkt ihrem Vater zurück nach Asgard gefolgt war, nachdem er sie besucht hatte. Dann hatte sie mithilfe magischer Illusionen Frigg Glauben gemacht, dass ihr Lieblingssohn Baldur freiwillig mit ihr einen Ausflug in die Hölle machen wollte. Frigg war erst verwundert gewesen, aber sie liebte Baldur über alles und konnte ihm keinen Wunsch abschlagen.

Kaum in der Hölle angekommen, hatte sie die Illusion aufgelöst. Doch aus der Hölle gab es kein einfaches Entkommen. Heimdalls Augen reichten nicht bis nach Helheim und so konnte er nicht den Bifröst schicken, um sie zu retten. Der einzige Ausweg verlief über den Todesfluss Gjöll und die goldene Brücke. Beide wurden sehr gut von Garm bewacht und keiner konnte sie unbemerkt passieren, denn Garms Armee aus Knochenmännern war überall.

Dennoch hatte Frigg nicht kampflos aufgegeben und sich einen schweren Kampf mit Hel und Garm geliefert. Doch als Garm dann viele tausend Skelette gegen Frigg gesandt hatte, musste sie sich geschlagen geben. Hel hatte sie dann genauso wie Odin in ihren Palast schaffen und mit den besten Speisen bewirten lassen. Denn damit sollte das Spiel erst richtig beginnen.

In den Speisen waren die besten Drogen und Rauschmittel aus allen Welten versteckt gewesen. Hel hatte ihre dunklen Diener nach Midgard zu den Menschen, zu den Riesen in Jötunheim, den Zwergen in Svartalfheim, als auch nach Alfheim gesandt. Sie hatten ihr die besten Drogen und Aphrodisiaka besorgt. Aber das war nur der erste Teil ihres Plans.

Denn als Nächstes schickte sie Garm in alle Welten. Er sollte die schönsten und willigsten Jünglinge einladen und ihnen reiche Geschenke versprechen, wenn sie bereit waren, ihre Männlichkeit zur Verfügung zu stellen. Garm sollte besonders viele junge Männer aus dem Norden Midgards bringen, denn sie wusste, dass Frigg ein Faible für sie hatte. So hatten sich nach kurzem fast zweihundert atemberaubend schöne und trächtige Männer in ihrem Schloss versammelt.

Auch einen Zauberer hatte sie für ihren Plan geholt. Er war ein guter Freund und ein Meister der verbotenen Techniken. Die Drogen hatten bereits begonnen zu wirken, aber er sollte sie ihre Vergangenheit vergessen lassen. Aus diesem Grund hypnotisierte er Frigg und ließ sie vergessen, dass es Asgard überhaupt gab. Hel ließ derweil von ihren Köchen das beste Festmahl zubereiten und versetzte die Speisen mit weiteren Rauschmitteln, um Friggs Libido zu steigern. Das Essen ließ sie von dem ersten Dutzend stattlicher Männer zu Frigg bringen, wobei die Totengöttin darauf bestand, dass sie nicht mehr als einen Lendenschurz tragen durften.

Schon nach kurzem - und das berichtete sie Odin, während sie ganz nah an sein Ohr kam und es ihm zu flüsterte – gab Frigg ihre ersten Seufzer von sich. Aber es war nicht bei Seufzern geblieben, denn sie verwandelten sich schon bald in die wildesten Stöhngeräusche. Mit einem breiten Lächeln erzählte sie Odin, dass seine geliebte Frau seit ihrer Ankunft nichts anderes tat, als die aphrodisierenden Speisen zu essen und sich von den willigen Jünglingen reiten zu lassen und das fast immer von mehreren gleichzeitig.

Odins Blick starb. Er schwankte mit seinem Kopf immer wieder zwischen Hel und dem Bett hin und her, auf dem seine Frau lag und sich von drei muskulösen Männern aus Midgard mit blonder Mähne und heller Haut sexuell verwöhnen ließ. Es stach so sehr in seinem Herz, dass er nicht einmal mehr wütend sein konnte. Es raubte einfach seine gesamte Energie.

Die Todesgöttin ließ ihn auf den Teppich sinken. Zwei Knochenmänner erschienen und sorgten dafür, dass Odin aufrecht saß und alles mitansehen musste. Doch selbst, wenn er es nicht gesehen hätte: Das Stöhnen Friggs war so laut und enthemmt, dass es keinen Zweifel an ihrer sinnlichen Ekstase gab. Er begann Hel anzubetteln und anzuflehen, sie möge das ganze Spektakel beenden.

Die Totengöttin kam ganz nah an ihn heran. Sie flüsterte in sein Ohr, dass das die verdiente Strafe dafür war, dass er sie einst aus Asgard verbannt hatte. Dann gab sie Odin einen Kuss. Er spürte ihren kalten Atem und schloss vor Ekel die Augen. Dann waren das Gefühl und die Geräusche plötzlich verschwunden. Er öffnete die Augen. Er saß wieder auf seinem Thron in seiner Burg in Asgard. Alles wirkte wie immer. Aber das war es nicht. Zu wissen, was Frigg in der

Hölle trieb, ließ sein Herz erstarren und so saß er da und starb innerlich einen Tod nach dem anderen.